KB119760

친구를 입양했습니다

피보다 진한
법적 가족 탄생기

친구를
입양
했습니다

은서란 지음

위즈덤하우스

먼 길을 돌아 사람에게 도착했다

"무거운 거 함부로 들다 허리 다쳐요. 이런 거는 부군에게 시키세요."

얼마 전, 아파트 주차장에서 무거운 짐을 혼자 낑낑대며 들고 가는데 멀리서 이를 본 어르신이 달려와 짐을 나눠 드시고는 한 말씀하셨다. 호의는 너무 감사했지만, 집에 와서도 마음이 영 쓸쓸했다.

"다들 태블릿에 아이들 사진 저장돼 있으시죠? 오늘 드로잉 수업은 그 사진으로 진행할게요."

최근에 참여한 디지털 드로잉 첫 수업에서도 강사님은 이렇게 말하며 수업을 시작했다. 공교롭게도 지역민 대상의 수업에서 처음 만난 열 명의 수강생은 모두 30~40대로 보이는 여성이었다. 초등학생 자녀를 뒀다는 강사님은 으레 수강생들을 모두 아이 엄마로 규정지었다. 나를 제외한 나머지 수강생들은 강사의 말을 자연스레 받아들이고 태블릿에서 아이 사진을 찾아 화면에 띄웠다. 나만 다른 세상에 사는 것 같았다.

집 밖을 나서는 순간부터 이런 오해는 숱하게 받는다. 비혼일 수도 있고, 결혼했다 하더라도 배우자와 사별했거나, 아이가 없을 수도 있는데 말이다. 대부분은 그러려니 하고 넘겨버리지만, 내 나이대의 여자는 당연히 남편과 자녀가 있을 것이라는 편견과 마주하는 일이 썩 유쾌하지 않다. 뭔가 해명할 기회도 얻지 못하고 누명을 쓴 기분이랄까.

나는 남들이 말하는 부군도, 남편도, 애들 아빠도 없다. 그리고 배 아파 낳은 자식도 없다. 하지만 나에게도 함께 사는 가족이 있다. 작년 봄, 나는 나보다 50개월 어린 친구 어리를 딸로 입양했고, 그렇게 우리는 가장 친한 친구이자 법적 가족이 됐다. 입양신고서를 접수하기 위해 방문한 읍사무소에서 가족관계등록 업무 담당자는 말했다. 해당 업무를 오래 했지만, 재혼 가정도 아니고 게다가 나이차이 얼마 안 나는 성인 입양 사례는 처음 본다고. 그 후로 1년이 지났다. 입양 신고 일주년을 맞아 기념 여행을 다녀왔을 뿐 우리 삶에 별다른 변화가 생기지는 않았다. 우리는 여전히 매일 아침 함께 차를 마시는 것으로 하루를 시작하고, 각자의 하루를 살며, 함께 밥을 먹고, 일상을 나눈다.

보수적인 시각에서 보면 나는 비주류다. 도시가 아닌 시골에 살고, 결혼하지 않았고, 아이를 낳지 않은 40대 여성이며, 비건 채식을 하고, 어찌 보면 이상한 법적 가족을 이뤄 살고 있다. 방황하던 20~30대에는 나에게 맞는 곳을 끊임없이 찾아 헤맸다. 그 과정에서 무작정 제주살이를 하기도 했고, 다시 서울로 올라와 늦은 나이에 대학에서 새로운 공부를 하기도 했다. 그러다 마음을 다잡고 몇 년간은 도시에서 평범한 직장인으로 살아보려 애썼다. 하지만 결국 맞지 않은 옷을 입은 것 같은 불편함과 나다운 삶에 대한 갈증으로 혼자 두메산골로의 이주를 감행했다. 자연환경이 좋은 곳이라면 혼자서도 잘 살 수 있다고 생각하면서. 하지만 젊은 비혼 여성이 홀로 시골 마을에 사는 건 쉬운 일이 아니었고, 결국 비슷한 또래 친구들이 있는 지역에서 현재 두 번째 시골살이를 하고 있다. 그리고 이곳에서 친구 어리를 만나 혼자가 아닌 둘이 됐다.

함께 산 기간이 만 5년을 넘어가면서 우리는 별다른 일이 없다면 늙어 죽을 때까지 함께 살기로 했다. 그리고 서로에게 확실한 법적 울타리가 돼주기 위해 입양을 선택했다. 법적 가족이 되기로 한 건 무엇보다 위급한 상황에서 서로에게 든든한 보호자가 돼주고 싶은 마음이 커서다. 늙어서 누구 한 사람 먼저 세상을 떠나게 될 때도 어쩌다 한 번씩 보는 형제나 친척이 아닌 함께 사는 서로가 마지막을 정리해줬으면 좋겠다고 생각했다. 어리를 입양하면서 나는 나보다 50개월 나이 어린 딸이, 어리에게는 50개월 나이 많은 양엄마가 생겼다.

  우리가 입양 가족이 됐다는 소식에 누군가는 "어리가 결혼하면 어떻게 되는 건가?" 하고 물었다. 우리는 결혼 대신 친구와의 동거를 선택했고, 남편과 아이로 이루어진 가족 대신 친구를 입양해 가족이 되는 방법을 선택했다. 하지만 사람들이 보기에 우리는 여전히 '미완' 상태인가 보다. 친구와 사는 것은 임시 가족이고, 언젠가는 각자 결혼할 거라고 전제한다. 결혼한 부부에게는 이혼하면 어떻게 되는 거냐고 묻지 않으면서 우리에게는 둘 중 한 사람이 결혼하면 입양이 깨지는 거냐고 묻는다. 입양은 우리 둘 다 결혼하지 않겠다는 확고한 생각이 있고, 이미 5년이라는 시간 동안 같이 살면서 노후를 함께 보내도 괜찮겠다는 확신이 생겨 결정한 선택이었다. 물론 사람의 앞일은 어찌 될지 모른다. 만약의 경우를 상상해보지만 혹여 어리가 결혼하게 된다면 그냥 이웃으로 살면 되지 않을까? 기왕이면 능력 있는 사위를 데려와 장모의 노후도 편안하게 보장해주면 좋겠다.

우리가 입양 가족이 된 건 현재로써 서로의 법정대리인이 되는 유일한 방법이었기 때문이다. 만약 생활동반자법이 있었다면 우리는 입양을 선택하지 않았을 것이다. 친구끼리 반려인이라는 수평적인 관계가 아닌 부모 자식이라는 수직적인 관계가 되는 건 원하지 않았으니까. 사람들이 원하는 사람과 함께 살고, 함께 살며 힘이 되는 존재에게 가족의 권리와 의무를 갖게 하는 건 개인을 위해서도 국가를 위해서도 꼭 필요하다. 부디 다양한 가족 형태를 법적 테두리 안으로 받아들이는 생활동반자법이 조속히 제정되기를, 다양한 형태의 가족 구성원들이 서로의 법적 보호자가 돼 안정적으로 살게 되기를 소망한다.

지난해 가을, 어리와 나의 이야기를 기록으로 남길 겸 글쓰기 플랫폼에 글을 올렸다. 우리의 입양에 관한 글은 SNS에서 빠른 속도로 공유됐고, 플랫폼에 올린 글의 조회수가 20만 건을 넘을 만큼 독자의 관심과 반응이 매우 뜨거웠다. 법적 가족을 만드는 쉬운 방법을 알게 됐다는 이야기부터 입양을 통해 친구를 가족으로 만든 것이 통쾌하다는 반응도 있었고, 우리처럼 입양을 통해 가족을 만들고 싶다는 사람들도 있었다. 다양한 형태의 가족으로 사는 것에 관심을 가진 이들이 이렇게나 많다는 것에 놀랐다. 이후 방송사, 신문사, 유튜브 채널 등으로부터 인터뷰와 출연 제안 메일도 많이 받았다. 혹여 미디어 노출로 시골에서 조용히 살고 있는 우리의 평온한 일상이 깨지진 않을까 걱정돼 대부분 거절했지만, 이런 반응들이 감사하면서도 신기했다.

여러 출판사로부터 출간 제의도 받았다. 사실 난 '문학 공모전 대상 수상작'이라는 타이틀을 달고 멋지게 책을 내겠다는 원대한 목표를 가지고 그동안 쓴 글들을 묶어 공모전에 응모한 상황이었다. 하지만 당선의 기대는 일찌감치 내려놓았고, 그사이 위즈덤하우스와 출판 계약을 체결했다. 그러나 나를 시험하듯 일주일 뒤 공모전 담당자로부터 내 글이 대상으로 선정됐다는 연락을 받았다. 그것도 심사에 참여한 출판사들 중 두 군데서나. 맙소사! 고민 끝에 난 결국 수백만 원의 상금과 대상 수상작이라는 영광의 타이틀 대신에 날 먼저 알아봐준 편집자님을 믿고 가기로 했다. 솔직히 평생에 한 번 올까 말까 한 영광스럽고 소중한 기회를 날려버린 것 같아 너무 아깝기도 했다. 하지만 나의 이런 선택에 친구들은 '너다운 선택'이라며 지지해줬다. 생각해보면 이제껏 내 모든 선택의 뒤에는 '사람'이 있었다. 마음 쉴 장소를 찾아 오랜 시간 방황하며 헤맸지만, 먼 길을 돌고 돌아 결국엔 사람에게서 쉬고 있다.

어리와 나는 지금의 삶에 만족한다. 함께 살며 마음의 안정을 얻었고, 서로에게 든든한 법적 보호자도 생겼다. 예전에는 삶을 여행하는 마음으로 살았다면 지금은 머무르는 느낌으로 산다. 입양을 선택한 우리의 결정에 후회는 조금도 없지만, 그렇다고 다른 이들에게도 우리와 같은 선택을 권유하고 싶진 않다. 나와 어리가 서로를 반려인으로 선택해 가족을 이뤄 사는 것처럼 세상엔 사람의 수만큼이나 다양한 삶의 방식이 있다. 각자의 성향과 가치관이 모두 다르듯, 나의 삶이 다른 사람들에게도 맞다고 할 수는 없다. 삶에 있어 평균이나 평범이라는 말은 어울리지 않는다. 자기 삶에서 정말 중요하다고 생각하는 것들을 우선순위로 두고 그저 자신이 원하는 삶을 살면 된다고 생각한다.

SNS에 우리의 글이 공유되는 순간부터 책을 출간하기까지의 과정은 단조롭고 고요하기만 한 우리의 일상에 꽤 큰 사건이었다.

이 뜻밖의 사건은 우리에게 자극과 활력을 가져다줬고, 좀 더 열심히 살아야겠다는 의지를 다지는 계기가 됐다. 덕분에 삶의 길목마다 나를 한 뼘씩 더 성장시켜준 사람들과 항상 나를 응원해준 소중한 친구들, 더불어 자기만의 삶을 굳건히 살아가는 사람들과 함께 우리는 오늘 하루도 잘 살아내고 있다. 모든 존재의 평안과 평화를 기원하면서.

2023년 여름
은서란

차례

숨 쉴 수 있는 곳을
찾아서

1장

작은
지구,

섬으로
간다

인생의 나침반이 가리키는 그곳, 제주

바다에 홀로 떠 있는 섬. 20대 때 나는 섬이 꼭 '작은 지구' 같다고 생각했다. 산과 마을과 사람이 모두 존재하지만 한없이 외로워 보이는 작은 지구.

삶의 의미를 찾지 못해 사는 것이 공허하게만 느껴지던 그 시절, 난 홀로 떠다니는 섬 같았다. 그래서였을까? 섬에 날 놓아두고 싶었다. 그러면 바다가 섬을 안고 있는 것처럼 섬이 나를 어루만지고 온전히 품어줄 것만 같았다. 시간이 지나 그곳에서 마음의 평화를 찾게 되면 나 자신을 이해하고 진심으로 다른 사람을 안을 수 있게 될 거라 기대했다. 그런 후에야 비로소 어떤 꿈이든 꿀 수 있고, 새로운 희망을 품고 다시 시작할 수 있을 것만 같았다. 언젠가는 섬에 대한 나의 환상이 실현될 것이라 기대하며 시간이 날 때마다 나만의 작은 지구를 찾아다녔다.

혼자 떠나는 섬 여행은 항상 조심스러웠다. 섬사람들이 혼자 온 젊은 여자를 경계하고 궁금해하기 때문이다. 산이나 바다, 육지를 여행할 땐 나 홀로 여행자를 신경 쓰지 않기도 하고, 몇 마디 나누게 되더라도 그저 혼자 여행 왔다고 여겨 대수롭지 않게 지나쳤다. 그러나 섬은 좀 달랐다. 섬사람들은 저 여자가 무슨 사연으로 이 외딴곳까지 혼자 왔을까, 혹시 죽을 병에 걸렸거나 삶을 마감하기

위해 이곳에 온 건 아닐까, 하는 눈초리로 나를 바라봤다. 어느 섬이
든 그랬다.

섬 여행은 경계의 눈빛으로 시작됐지만, 주민들은 대부분 친
절했기에 혼자 떠난 여행에서 혼자일 수 없었다. 멀리서 볼 땐 한없
이 외로워 보였던 섬은 막상 그 안에 들어가보니 외롭지 않았다. 혼
자 있어야 안정감을 느끼던 시절, 난 무인도를 사고 싶었다. 섬 매
매 전문 사이트에서 적당한 매물이 있나 찾아보며 2주는 도시에
서, 2주는 섬에서 사는 모습을 상상했다. 개인이 매입한 외딴섬이
해상식물공원으로 거듭난 거제의 외도 보타니아처럼, 내가 직접
섬을 아름답게 가꾸고 사는 모습을 그리며 꿈에 부풀기도 했다. 그
러려면 일단 돈부터 많이 모아야 했다. 섬을 자유롭게 드나들려면
배는 기본으로 있어야 하고, 소형 선박 조종에 필요한 면허도 있어
야 한다. 선착장도 설치해야 하고, 전기와 수도 시설도 만들어야 한
다. 준비하고 감당해야 할 게 생각보다 너무 많았다. 어지간한 돈과
시간과 노력으로는 불가능한 계획임을 깨닫고 상상놀이만 하다 단
념하고 말았다.

그러던 어느 날, 일상생활을 하기 어려울 만큼 아토피가 심해
져 회사를 퇴사하고 얼마 지나지 않았을 때였다. 버스를 타고 세종
문화회관 앞을 지나다 사진전을 알리는 대형 현수막이 눈에 들어
왔다. '내가 본 이어도2-눈, 비, 안개 그리고 바람 환상곡'. 제주 자연

의 신비를 사진에 담아온 사진작가 김영갑이 '이어도' 연작을 통해 제주의 아름다움을 전하는 전시였다. 홀리듯 버스에서 내려 사진전을 보러 들어갔다.

파노라마 사진 속 나무와 풀들은 저마다 바람에 흔들리고 있었다. 보고 있자니 한 장 한 장의 사진 속 풍경으로 빨려 들어갈 것 같았다. 한참을 멈춰 멍하니 사진을 바라보는데 온몸에 전율이 흘렀다. '이거였어!' 그동안 도무지 설명할 수 없던 나의 감정을 사진 속 풍경이 대신 말해주고 있었다. 그 순간, '한 장의 사진이 때론 백 마디 말보다 낫다'라는 말에 완벽히 공감했다. 사진에 담긴 제주의 풍경과 바람, 외로움과 평화, 고단했지만 행복했을 작가의 삶이 고스란히 느껴졌다. 바람에 흔들리는 나무가 꼭 나인 것만 같았다. 나는 흔들리고 있었다.

그전까지 내가 알던 제주는 섬이라기보단 크고 화려한 관광지의 이미지를 가진, 육로가 끊긴 육지 같았다. 그런데 김영갑 작가가 바라본 제주의 풍경은 내가 알던 모습과는 전혀 달랐다. 사진에 담긴 제주의 중산간 풍경을 보며 어쩌면 내 환상 속의 섬이 그곳이 아닐까 생각했다. 작가는 "평화는 외로움에서 온다"라고 했다. 가슴이 뛰었다. '가슴 벅차고 먹먹하다'는 표현을 이럴 때 쓰는 걸까.

나는 '바람섬'에 가서 살기로 결심했다. 주문을 걸었다. 어떤 것도 낯설어하거나 걱정할 건 없다고. 제자리를 찾아 돌아가는 것일

뿐이라고. 바다가 섬을 안고 있는 것처럼 나도 그렇게 되리라 믿었
다. 가끔은 예상치 못한 우연이 인생을 새로운 길로 이끌기도 한다.
그렇게 우연히 만난 사진전은 나를 제주로 이끌었다.

　　내 인생의 나침반은 그곳을 가리키고 있었다.

이메일로 취업에 성공하다

제주로의 이주를 결정했으니 떠날 준비를 해야 했다. 새로운 장소에서 살아가려면 집과 안정적인 수입이 필요한데, 모아둔 돈 없는 20대 중반의 내가 수입을 얻으려면 일단 직장을 먼저 구해야 했다. 제주도에서 내가 할 수 있는 일을 알아보기 시작했다. 당시에 나는 장애인 교육권에 관심이 많아 장애인 복지 관련 일을 하고 싶었다. 정의감에 불타는 사람은 아니지만, 사회적 차별로 부당한 대우를 받거나 마땅히 누려야 할 권리를 누리지 못하는 사람을 보면 마음이 너무 불편했다. 나라도 뭔가 해야 할 것만 같았다. 관련 직장을 검색하다가 일하고 싶은 곳을 찾았다. 구인 공고가 날 때까지 마냥 기다려야 할까, 아니면 다른 직장을 알아보는 게 좋을까 고민하다 문득 J선생님이 떠올랐다.

J선생님은 일을 통해 알게 됐는데, 부드러운 카리스마를 지닌 멋진 분이다. 젊은 시절 제주에서 직장 생활을 하신 적이 있다는 이야기가 기억나 J선생님께 정보도 얻을 겸 연락을 드렸다. 오랜만에 만난 J선생님은 제주도에서 살고 싶다는 나의 이야기에 결혼 전 제주에서 혼자 살았던 자신의 경험을 들려주시고는, 당시 함께 일했던 동료 B국장님에게 나를 추천해주겠다고 하셨다. J선생님은 제주에서 생활하셨을 때 장애인 복지 관련 기관에서 일하셨다고 했

다. 놀라운 사실은 J선생님이 내가 일하고 싶어 하는 그 직장에서 근무했으며, 그 동료는 여전히 그곳에서 근무하고 있다는 것! J선생님은 그 자리에서 바로 B국장님에게 전화를 걸었다.

"괜찮은 친구가 있는데 혹시 직원 채용 계획이 있나요?"

오, 세상에! 이렇게 쉽게 일이 풀리는 건가. B국장님으로부터 당장은 채용 계획이 없지만 일단 이력서를 보내달라는 답변을 받았다. 이것만으로도 엄청난 소득이었다.

사실 제주도에 가서 살겠다고 결심하긴 했지만, 그곳에 아무런 연고도 없이 과연 잘 살 수 있을까 조금 겁이 났다. 그때만 해도 제주도 이주 붐이 일어나기 한참 전이라 20대에 홀로 이주한 사례를 찾기 쉽지 않았다. 그럼에도 J선생님은 한번 도전해보라며 내게 용기를 주셨다. 본인도 제주도에 혼자 내려가 살았고, 남편을 만나 결혼한 후 다시 서울로 오긴 했지만 제주도에서의 경험이 매우 즐거운 추억으로 남아 있다고 하셨다. 걱정하는 내게 선생님 말씀은 큰 힘이 됐다.

바로 B국장님께 이메일로 이력서를 보내며 첫인사를 드렸다. 그날 이후 일주일에 한 번씩 안부 메일을 보냈다. 그렇게 서로의 안부를 주고받다 보니 언젠가부터 멀리 사는 좋은 친구와 펜팔을 하는 느낌이 들었다. 다른 직장은 알아보지 않고 그 회사에서 채용 공고가 날 때까지 무작정 기다렸다. 6개월 안에는 연락을 주시지 않을까, 막연히 생각했다. 그렇게 몇 개월이 지나 여름이 됐다. 설사 채용이 되지 않더라도 좋은 분을 알게 된 것만으로도 감사하다고 생각할 즈음, 기다리던 소식이 왔다. 드디어 자리가 났으니 며칠 후 면접을 보러 올 수 있느냐는 메일이 온 것이다.

당시 나는 봉사활동을 핑계로 소록도에 한 달째 머물고 있었다. 당장 면접에 입고 갈 옷이 변변치 않아 난감했다. 가지고 있는 옷 중에 그나마 가장 점잖아 보이는 것이 민소매 블라우스와 하늘하늘한 긴바지였다. 신발은 여름용 통굽 슬리퍼와 트레킹화뿐이라 슬리퍼를 신기로 했다. 면접 자리에 이런 옷차림은 예의가 아닌 것 같아 전화를 걸어 사정을 말씀드리고 양해를 구했다. B국장님은 복장은 전혀 상관없으니 신경 쓰지 말고 면접일에 보자고 말씀하셨다.

드디어 면접일. 소록도에서 나와 고흥 녹동항에서 배를 타고 제주도로 향했다. B국장님을 포함한 관리자 세 분과 면접을 봤고, 바로 그날 채용이 확정됐다. 나중에 들어보니, 국장님은 나와 몇 달간 주고받은 이메일로 이미 면접을 치렀다고 생각했고, 채용하기로 마음먹고 적당한 자리가 나기를 기다리셨다고 했다. 게다가 총무팀 팀장님께 내가 살 집까지 미리 알아봐달라고 부탁하신 덕분에 면접이 끝나자마자 회사에서 차로 15분 정도 거리에 위치한 제주 시내의 집도 계약할 수 있었다. 그날 바로 비행기를 타고 서울로 가서 일주일 뒤 제주로 이사하고, 그로부터 사흘 뒤 회사에 출근해 기획팀에서 일을 시작했다. 마치 모든 일이 다 정해져 있었던 것마냥 열흘 만에 속전속결로 진행됐다.

　　지나고 보니 참 무모했다. 그곳에서 날 채용한다는 보장도 없는데 무슨 자신감으로 그곳에서 일하게 될 것이라고 확신했을까. 생각해보면 그때 나는 무언가를 간절히 바라면 그것이 이루어질 것이라고 믿었던 것 같다. 실제로 그 믿음은 강력한 힘을 지녀 정말 원하는 대로 이루어지곤 했다. 사실 이루어지지 않을지도 모른다는 불안을 긍정적인 믿음으로 변화시키는 건 내 타고난 성향은 아니다. 불안이 많은 내가 모든 일은 어떤 방향으로든 잘 해결될 것이라고 낙관하게 된 데에는 주변에서 알게 모르게 나를 이끌어주는 사람들이 있었기 때문일지도 모른다.

바람, 그리고 위로

제주도로 이사 후 맞은 첫 주말, '김영갑 갤러리 두모악'을 먼저 찾았다. 그의 사진이 나를 제주로 이끌었으니 가장 먼저 그곳에 가서 인사하고 싶었다. 김영갑 작가는 근육이 점점 마비되고 위축되는 루게릭병으로 몇 년간 투병하다 내가 제주에 오기 두 달 전인 2005년 5월 29일에 세상을 떠났다. 조금만 더 일찍 그분을 알았더라면, 1년만 더 일찍 제주에 왔다면 좋았을 텐데……. 안타까움을 달래며 그분의 흔적이 남아 있는 갤러리 정원을 찬찬히 걸었다.

제주의 풍광에 매혹당한 김영갑 작가는 20대 후반의 나이에 섬에 정착해 세상을 떠날 때까지 20년간 관광지 제주가 아닌 중산간의 들판과 오름, 바다 등 제주의 속살을 카메라에 담았다. 그는 힘겨운 투병 중에도 중산간의 폐교된 한 초등학교를 손수 개조해 2002년 '김영갑 갤러리 두모악'을 열었다. 그의 마지막 숨결이 남은 갤러리 정원에 서 있으니 돌멩이 하나하나에서 외로웠을 그의 열정이 고스란히 느껴졌다. 늦었지만 제주에 오길 정말 잘했다고 느꼈다. 두모악에 가길 기다리며 썼던 편지를 정원 돌담 아래 묻었다. 나를 이곳으로 이끌어준 것에 대한 감사함과, 나도 이곳에서 진정한 평화를 찾기를 바라는 마음을 담았다. 비로소 마음이 편안해졌다.

실내에 들어가니 인디언 플루트 연주 소리가 갤러리 안을 가득 채우고 있었다. 인디언 플루트라는 악기를 그때 처음 알았다. 북아메리카 전통 악기라는데, 꼭 영혼을 어루만지는 것 같은 소리를 냈다. 작가가 생전에 좋아했다는 앨범 〈인디언 로드 2집(The Indian Road 2)〉은 갤러리를 방문할 때마다 항상 재생되고 있었다. 그 음악은 김영갑 작가의 사진과 많이 닮아 있다. 예술의 형태만 다를 뿐 사진을 음악으로 옮긴 것 같기도 하고, 음악을 사진으로 옮긴 것 같기도 하다. 그때부터 지금까지 힘들거나 지칠 때, 바람섬이 그리워질 때면 김영갑 작가의 사진을 닮은 그 앨범을 듣는다. 음악을 듣다 보면 머릿속엔 어느새 바람 부는 중산간 풍경이 펼쳐진다.

그 뒤로도 종종 두모악을 찾았다. 두모악에 갈 때마다 갤러리 마당 곳곳에 편지를 심었다. 비록 흙 속에서 사라져버릴 편지였지만 그곳에 나의 이야기와 그리움을 담은 편지를 묻고 오면 마음이 편해졌다. 파노라마 사진에 담긴 바람도 좋았지만 갤러리 방문을 핑계 삼아 중산간을 드라이브하는 것도 좋았다. 제주도에선 드라이브하다 마음 내키는 곳을 만나면 어디서든 내려 걷거나 아름다운 숲을 산책할 수 있었다. 그러다 보면 혼란스럽던 마음도 금세 안정되곤 했다.

나는 타고난 기질 자체가 예민한 사람이다. 하지만 성장 환경에서 이러한 예민함을 충분히 배려받지 못했다. 그러다 보니 예민함은 걱정과 불안을 키웠고, 나의 마음에는 항상 바람이 불었다. 그래서 마음속 바람을 위로하기 위해 종종 바람을 쐬러 다니곤 했다. 마음이 혼란스러울 때 바람 부는 언덕이나 숲에 있으면 어느 순간 생각이 사라지고 마음이 고요해졌다. 나 홀로 여행은 불안을 해소하는 나만의 치료제였고, 그중에서도 숲 산책은 가장 효과가 좋았다.

한라산 자락에 있는 직장으로 출근하면서는 매일매일 즐거웠다. 아침마다 숲에 가는 마음으로 집을 나섰다. 하루 종일 사무실 안에서 근무해야 했지만, 건물 밖으로 잠깐만 나가도 맑은 공기에 숨통이 트였다. 봄이면 점심시간을 이용해 동료들과 직장 근처 벚꽃길을 산책하고, 봄가을 선선한 날씨엔 함께 오름을 오르고, 눈이 오는 겨울이면 전 직원이 건물 앞부터 도로까지 눈을 치우는 일로 하루를 시작하는 자연 친화적인 직장 생활. 기억 속 제주에서의 생활이 낭만적인 것은 좋은 기억만 추억하기 때문이 아닐까, 가끔 의심스러울 때도 있다. 그래도 그때를 떠올릴 때마다 감성에 젖어 슬며시 웃곤 한다.

직장에서 그리 멀지 않은 곳에 있던 한 갤러리 카페는 특히 기억에 남는다. 숲 안에 위치한 그곳이 어찌나 멋지던지 나도 언젠가 숲속에 집을 짓고 싶다고 생각했다. 큰길에서는 보이지 않지만 숲으로 조금만 들어가면 나타나는 탁 트인 공간에 집과 작업 공간을 짓고, 마음 맞는 사람들을 만나며 흘러가는 대로 사는 것. 누구나 한번쯤 꿈꿔봄 직한 산골살이. 그때의 난 알았을까. 20년 후에도 여전히 숲속의 집을 그리며 그 꿈에 조금씩 가까워지고 있음을.

채워지지 않는 마음

상처받은 마음이 치유되는 동안 정겨운 돌담 가득한 중산간 마을은 점점 변했다. 두모악이 더 유명해지면서 시커먼 아스팔트 포장길이 늘어나고 주변 마을도 변해갔다. 가끔 그곳을 찾는 나 같은 사람에게도 아쉽게 느껴지는데, 마을 주민들에겐 이러한 변화가 어떻게 느껴졌을까? 모든 건 변하기 마련이라는 걸 알면서도 그리운 마음이 드는 건 어쩔 수 없다. 변화를 마주하고 싶지 않아 언젠가부턴 그곳을 찾지 않게 됐고, 가끔 바람 풍경이 그리울 때면 사진을 꺼내 보거나 인디언 플루트 연주를 듣는 것으로 대신했다.

나는 서서히 바람섬을 떠날 준비를 하고 있었다. 제주도를 떠나기로 결심한 건 여러 이유가 있었다. 제주도에 살며 매일 마주하는 하늘과 구름, 바람은 항상 날 설레게 했지만 높은 습도만큼은 견디기 힘들었다. 습도가 높은 날이면 아토피도 다시 올라왔다. 몸이 지치니 아름답게만 보이던 풍경도 조금씩 달리 보이기 시작했다. 그러나, 사실 건강은 핑계였다. 그곳에서의 생활이 익숙해지면서 변화를 원하기도 했고, 나를 온전히 이해하고 싶은 갈증도 점점 커졌다.

직장에서 일하는 동안 스스로에게 계속 의문이 들었던 것도 이유가 됐다. 내가 잘 하고 있는 게 맞는지 확인하고 싶었고, 이것

말고 다른 일을 더 해보고 싶은데 왜 내게 기회를 주지 않는 걸까, 하는 아쉬움도 있었다. 기획정보팀 소속이었던 나는 기획 업무가 하고 싶었지만, 정보화 교육 업무를 주로 담당했다. 교육 대상은 장애 유형도, 연령대도, 교육 수준도 다양했다. 특히 지적장애인, 자폐성장애인, 정신장애인 등을 대상으로 한 컴퓨터 교육은 쉽지 않았다. 그래도 보람은 있었다. 몇 달 동안 자폐를 가진 중학생들을 가르쳐 아이들이 워드 자격증을 따기도 했고, 컴퓨터 디자인을 교육받은 60대 한 분은 기능경기대회에 출전하기도 했다. 직장에서 일도, 사람들과의 관계도 익숙해졌지만 기획 업무에 대한 미련은 계속 남았다. 그래서 내게 기회가 올 때를 기다리며 사내 연구 모임 활동도 열심히 했다. 그사이 사내 프로그램 기획안 공모에서 1위로 선정되기도 했다. 하지만 기회는 좀처럼 오지 않았고, 나의 마음은 점점 조급해졌다. 그러다 보니 과연 내가 원하는 일을 할 만한 자질을 갖춘 사람인지에 대한 자신도 없어졌다.

　사람을 대하는 일을 하다 보니 이 분야야말로 사람에 대한 깊은 이해를 바탕으로 해야 한다는 생각이 들었다. 누군가를 이해한다는 것은 그 사람을 있는 그대로 인정하고 받아들이는 것이다. 사회복지사로서 나는 타인을 있는 그대로 인정하고 받아들일 준비가 된 사람일까? 과연 다른 사람을 이해한다고 할 수 있을까? 의문이 들었다. 사람을 이해하고 싶었다. 고민하다 보니 다른 사람을 이해하려면 일단 나에 대한 이해가 우선돼야 한다는 걸 깨달았다. 이제는 다른 이들을 통해 나를 바라보는 것이 아닌, 온전하게 나 자신을 바라보고 싶었다. 방황하는 나를 먼저 이해하고 보듬고 채우고 나면 다른 사람도 이해할 수 있을 것 같았다.

내 안에선 계속 충돌이 일었다. 내가 어떤 사람인지, 나답게 사는 것이 어떤 것인지는 잘 모르지만 자유롭고 싶었다. 그러면서도 남들에게 어떻게 비칠지 신경 쓰며 틀에 나를 다시 가두고 있었다. 외로운 상황에 나를 던져 고립되고 싶어 하면서도, 사람들 사이에서 어우러져 잘 살고 싶기도 한 나는 그저 모순덩어리였다. 문득, 선각자들의 생각을 엿보다 보면 나를 이해하고 다른 사람을 이해하는 데 도움이 되지 않을까, 내가 좀 더 성숙한 삶을 살 수 있지 않을까 하는 생각이 들었다. '사람'이라는 존재를 이해하고 싶어 선택한 건 철학 공부였다. 다시 대학에 가기 위해 섬을 떠나기로 했다. 제주로 이사했을 때 '육지 사람들은 섬에 와서 2~3년을 넘기기 힘들다'는 말을 듣고 나는 절대 그러지 않을 거라고 장담했지만, 결국 2년을 채 넘기지 못하고 제주를 떠났다.

제주에 살면서는 황당한 일을 여러 번 겪었다. 살던 집이 경매에 넘어가기도 하고, 이사 첫날 인터넷 설치 기사로 온 남자가 내가 육지에서 혼자 온 것을 알고는 친구 하자며 계속 연락하기도 했다. 누군가에게 한동안 스토킹을 당하기도 하고, 애인 있는 남자와 바람난 여자로 오해받은 일도 있었다. 평소 연락도 안 하던 지인이 갑자기 제주도에 놀러와 고백하질 않나, 이상하게도 그곳에선 유독 남자들의 접근이 많았다. 20대의 젊은 여자가 섬에 혼자 살아 만만해 보였던 걸까?

　　모든 게 피곤하게만 느껴졌던 그 상황들을 흔들림 없이 잘 물리칠 수 있었던 건, 그래도 그곳에서 내가 더 이상 혼자가 아니라 느꼈기 때문이다. 나는 많은 이들의 보살핌으로 그곳에서 안전하고 편하게 살 수 있었다. 내가 언젠가 떠날 것이라는 걸 짐작하면서도 직장 동료들은 나의 제주 생활에 많은 도움을 줬다. 그때는 몰랐다. 무뚝뚝해 보이기만 했던 그들이 내가 직장에서도 일상에서도 잘 적응할 수 있도록 알게 모르게 많이 신경 썼다는 것을. 바다가 섬을 안고 있는 것처럼 그들은 날 감싸 안아줬다. 외로움 속에서 평화를 찾고 싶어 찾은 섬에서 나는 과분한 사랑을 받았다. 덕분에 외롭지만 따뜻했다. 그런 배려가 쉽지 않은 일임을 나이가 들어서야 깨달았다. 돌이켜 보면 그때 그분들의 나이가 지금 내 나이와 비슷하거나 더 적었을 때다. 지금의 나는 누군가에게 그러한 존재가 되고 있는가 생각해보면 부끄럽기만 하다.

　　특히나 직장 동료로 만난 친구 '백'은 나의 제주 생활에 든든한 울타리가 돼줬다. 제주에서의 두 번째 집이 경매에 넘어가 집주인이 바뀐 후 어느 날이었다. 한밤중에 전 집주인 아저씨가 술에 잔뜩 취한 채 찾아왔다. 전 집주인은 문을 열어달라며 현관문을 두드렸다. 집을 날린 것도 억울한데 두고 간 정수기라도 가져가야겠다며 난동을 부렸다. 낡은 정수기는 본인이 이사 갈 때 필요 없다며 버리고 간 물건이었다. 막무가내로 문을 열라고 소리치던 그는 급기야 욕까지 하며 문손잡이를 부술 것처럼 흔들기 시작했다. 112에 신고해 자초지종을 설명하고 빨리 좀 와달라고 부탁했다. 전화를 끊고 바로 친구 백에게도 연락했다.

"술 취한 집주인 아저씨가 문을 따고 들어오려고 해!"

우리 집과 800m 떨어진 곳에 살던 백은 내 전화를 끊자마자 잠옷에 외투만 걸치고 날다시피 뛰어서 5분 만에 나에게 와줬다. 추운 겨울 날씨에 땀까지 흘리며 달려와 숨을 헐떡이는 친구를 보니 눈물 나게 고맙고 든든했다. 다행히 그사이에 술 취한 아저씨는 사라졌고, 30분쯤 지나 경찰도 도착했다. 경찰은 상황이 종료된 것을 확인한 후 돌아갔고, 친구는 아저씨가 혹시 또 올지 몰라 밤새 우리 집에서 함께 있어줬다. 그날 밤 혹시라도 난동 부리는 아저씨와 마주쳐 해코지를 당할 수 있었는데도 경찰보다도 빨리 출동해준 고마운 친구. 의리녀 백과는 그 후로 20여 년간 절친으로 지내고 있다.

제주 생활 내내 우리는 매일 붙어 다녔다. 직장에서는 물론이고 직장 밖에서도 제주 구석구석을 참 많이 돌아다녔다. 서귀포 출신인 백은 내가 혹시라도 오해하거나 실수할 수 있는 제주도 사투리나 문화를 알려주고, 입과 귀가 돼주기도 하며 제주 생활에 많은 도움을 줬다. 한참의 시간이 지난 뒤 백이 말해줘 알게 된 사실이 있다. 아는 사람 한 명 없이 시작한 나의 제주 생활을 걱정한 직장 상사와 동료들이 나와 또래인 백에게 나를 잘 챙겨달라 부탁했단다. 그렇게 시작된 우리의 관계는 지금까지 이어져 오고 있다. 오랜 기간 우리는 서로를 응원하며 좋은 어른으로 성장하려고 애쓰는 과정을 지켜봤다. 제주도를 떠나기로 결심했을 때 '실패한 건가' 싶어 자책감이 들기도 했다. 그런 나의 마음에 위안이 됐던 건 제주 생활이 아니었다면 만나지 못했을 평생 친구가 생겼다는 것이다. 백은 제주 생활 끝에 얻은 소중한 선물이다.

그해 겨울,
산중 암자에

여자 넷이
살았다

벽난로의 추억

눈이 많이 오면 떠오르는 풍경이 있다. 음악이 흐르는 거실, 화목난로 앞에 오손도손 모여 앉아 이야기를 나누는 네 명의 여인.

10여 년 전, 석 달간 암자에서 살았던 적이 있다. 그때 난 대학원생이었는데, 집안 문제로 스트레스가 커서 겨울방학 동안 아는 사람이 아무도 없는 절에 들어가 쉬고 싶었다. 불교 신자도 아니고 아는 스님도 없어 일단 2박 3일 템플스테이가 가능한 절을 찾아 참가 신청하고 무작정 떠났다. 스님한테 상황을 말씀드리고 당분간 눌러앉을 요량으로 큰 배낭에 한 달치 짐을 싸서 절로 들어갔다. 눈이 아주 많이 오던 날이었다.

2박 3일간의 템플스테이가 끝난 후 지도법사 스님께 절에 더 머물고 싶다고 말씀드렸다. 스님은 큰 절보다는 암자에 머무는 게 좋을 것 같다며 인근에 비구니 스님이 혼자 지내시는 작은 절을 소개해주셨다.

암자에 가니 어린아이처럼 천진한 얼굴의 비구니 무공스님과 선유보살님이 계셨다. 당시 선유보살님은 이곳에 오신 지 얼마 되지 않은 상황이었다. 원래 절에 머물며 요리를 담당하셨던 공양주 보살님이 개인 사정으로 자리를 비우게 되자, 그분을 대신해 잠깐 동안 암자에 머물고 계셨다.

무공스님, 선유보살님과 함께 둘러앉아 차를 마셨다. 차를 마시는 내내 나는 묻는 말 외엔 별다른 말을 하지 않았다.

　"원래 말이 별로 없어요?"

　스님이 물었다. 그런 편이라고 대답했다.

　"왜? 살면서 별로 궁금한 게 없어?"

　스님은 다시 물었다. 이제껏 아무도 내게 물어보지 않았던, 처음 들어보는 질문이었다. 난 궁금한 게 너무 많은 사람인데 왜 말이 없을까? 가만히 생각해보니 나의 궁금함은 주로 나를 향한 것이었으므로, 굳이 다른 사람에게 뭘 물어볼 필요가 없었음을 새삼 깨달았다.

　스님과의 짧은 면접이 끝나고 이곳에 머물러도 좋다는 허락을 받았다. 바로 법당 뒤편에 마련된 요사채에 짐을 풀었다. 스님이 거처하는 공간인 요사채는 여러 개의 방과 거실, 주방이 있는 현대식의 황토집이었다. 저녁이 되니 내가 참가했던 템플스테이의 직원 다인이가 왔다. 큰 절에서의 생활이 불편해 며칠 전부터 선유보살님이 계신 이곳에서 머물며 큰 절로 출퇴근한다고 했다. 무공스님과 선유보살님, 그리고 다인이까지 우리 넷은 요사채에서 모두 같이 살았다.

　다인이는 20대 중반의 어린 나이에 갑상선암 수술을 받았다. 수술 후 그녀는 그전까지 출퇴근만 반복하며 살던 자신의 인생이 너무 안쓰럽게 느껴졌다고 한다. 그래서 세상과 단절된 곳에서 몸과 마음을 치유하고자 100일 기도를 핑계 삼아 어느 절에 들어가 쉬던 중 그곳에서 선유보살님을 만났고, 이후 암자로 옮기신 보살님이 근처 큰 절에 일자리를 소개해 이곳까지 오게 됐다.

　그렇게 무공스님 혼자 계시던 절에 2주 간격으로 선유보살님과 다인, 나, 이렇게 셋이 차례로 합류하게 되면서 우리의 짧지만 유쾌한 동거가 시작됐다. 그때 우리는 다들 힘든 시기를 겪고 있었다. 스님은 당뇨로 건강이 안 좋아지기 시작했고 암자에서의 생활도 편치 않은 상태였다. 보살님과 나, 다인이는 각자 가정 해체 위기를 겪던 때였다. 모두가 힘들었던 시기에 만났기에 어쩌면 우울함이 배가될 수도 있었지만, 암자에서의 생활은 예상과는 전혀 다르게 전개됐다.

　암자에 들어간 다음 날부터 불편한 환경을 잘 참지 못하는 나의 레이더가 움직이기 시작했다. 가만히 요사채를 둘러봤다. 스님이 추운 방에서 불편하게 생활하시는 걸 보고, 바로 방 바꾸기에 들어갔다. 그동안 스님은 혼자 짐 옮기는 일이 엄두가 나지 않아 불편해도 그냥 생활하셨다고 한다. 모두가 힘을 합쳐 큰 가구를 옮기고 짐을 정리했다. 집 구석구석 고쳐야 할 곳들을 찾아 수리한 후 대청소를 이어갔다. 저질 체력의 나는 이틀간의 정리가 끝나고 이틀간 누워 있어야 했다. 하지만 그 뒤로도 내가 할 수 있는 일들을 찾아 계속해서 몸을 움직였다.

　아무도 시키는 사람은 없었지만 나는 매일 아침이면 일어나 큰길에서 암자로 올라가는 100m 길이의 경사로를 쓸고 또 쓸었다. 그해 겨울, 눈은 정말 하염없이 내렸다. 하루라도 치우지 않으면 눈이 무릎까지 쌓였다. 빗자루질을 하고 돌아서기 무섭게 눈은 쌓이고 또 쌓였다. 토치로 얼음을 녹이며 두 시간 정도 눈을 쓸고 나면 정말 아무 생각도 나지 않았다. 그러다 지치면 거실로 들어와 대자로 누워 쉬다가 또다시 밖으로 나가 눈을 치웠다. 이런 나를 보며 스님과 보살님은 박장대소하시곤 했다. 그리고 그 길에 '서란로'라는 이름을 붙여주셨다.

자네, 출가하지 않겠나?

　유쾌하고 아이처럼 순수한 스님과 완벽해 보이지만 곧잘 빈틈을 보이는 보살님, 엉뚱하게 바른말을 잘해서 스님을 당황시키는 나, 다정하고 애교 많은 막내 다인이까지, 우리가 사는 모습은 마치 시트콤 같았다. 50대 초반의 스님과 보살님, 30대 초반의 나, 20대 중반의 다인, 이렇게 우리 넷은 나이로도 성격으로도 절에서는 보기 힘든 조합이었다. 어울리지 않을 것 같은 우리였지만 정말 재미있게 살았다.

　우리는 아침마다 식탁에 둘러앉아 차와 함께 떡과 과일을 먹으며 수다로 하루를 시작했다. 온 가족이 출근하는 다인이를 배웅한 후, 남은 식구들은 각자의 시간을 보냈다. 나는 주로 청소를 하고, 눈을 치우고, 장작을 팼다. 일주일에 한두 번은 다 같이 차를 타고 멀리 떨어진 마트에 가서 장을 보고 산책을 했다.

　다인이가 퇴근하고 돌아오면 우리는 다시 완전체가 돼 함께 저녁을 먹으며 하루 동안 있었던 일들을 나눴다. 화목난로 앞에서 장작 타는 소리를 들으며 불멍도 하고, 차도 마시고, 음악도 들었다. 한동안은 모두가 요거트 아이스크림에 푹 빠지기도 했다. 장을 보러 갈 때마다 요거트 아이스크림을 몇 통씩 사와 각자 예쁜 그릇에 아이스크림을 담고 그 위에 자른 곶감을 고명으로 얹어 먹으며 행복해했다.

다인이와는 산 정상에 자주 올랐다. 등산 장비를 완벽하게 갖추고 산행하는 등산객들 옆에서 우리는 절복을 입고 털모자를 쓰고 털고무신을 신은 채 산에 올랐다. 까르르 잘 웃고 작고 예쁜 다인이를 사람들은 동자승으로 착각하기도 했다. 그곳에서 나는 모든 것을 내려놓고 어린아이처럼 살았다. 모든 것이 자유로웠다. 속세에서 나를 힘들게 했던 어떤 일도 생각나지 않았다.

암자에 살다 보니 오다가다 알게 된 스님들로부터 출가 제안을 받기도 했다.

"자네, 출가하지 않겠나?"

처음 이 소리를 들었을 때는 심각하게 고민했다. '아, 내가 스님이 될 상인가?' 지금 내가 하는 일과 가진 것을 다 버리고 스님이 될 수 있을까 혼자 고민하다가 보살님께 물었다.

"저에게 스님 하면 잘할 것 같다는데 진짜 그래 보여요?"

보살님은 웃으며 답했다.

"절집에 오래 살면 스님들이 농담 반으로 하시는 말이니까 깊이 고민 안 해도 돼."

다인이도 한마디 거든다.

"나도 출가하란 소리 엄청 많이 들었어."

으레 한 번쯤 던져보는 농담인 걸 알고부터 출가하란 말을 들으면 나의 대답은 늘 같았다.

"아니요, 전 아침잠이 많아서 스님은 안 되겠어요."

그건 사실이기도 했다.

딱 한 번, 정말 진지하게 출가를 고민한 적이 있다. 암자에 머무는 동안 엄마는 아버지와 이혼하고 싶다며 판사에게 보낼 탄원서를 써달라고 부탁했다. 자식의 입장에서 그동안 지켜본 부모님의 결혼 생활과 아버지의 귀책사유, 그로 인해 엄마가 겪은 정신적 고통 등에 대해 상세히 진술하면 위자료 산정 시 엄마에게 조금이라도 더 유리할 수 있다고 했다. 내가 어릴 때부터 엄마와 아버지는 숱하게 부부 싸움을 했다. 그때마다 엄마는 갈라서자며 큰소리쳤지만, 뒤돌아서는 "누구 좋으라고 이혼을 해줘?"라며 모순적인 태도를 보였다. 공무원으로 정년퇴직한 아버지의 퇴직 연금이 당시엔 이혼 시 배우자와 분할되지 않는다는 점도 엄마가 이혼을 망설인 큰 이유였다. 그래서 엄마는 아버지와 이혼하면 자기만 손해라고 억울해했다. 더불어 '이혼녀'에 따라오는 사회적인 시선도 두려워했다. 나는 엄마가 이번에도 이혼하지 않으리라는 걸 알고 있었다. 그런데도 난 또다시 엄마의 편에 섰다.

암자에 있는 동안에는 바깥세상 생각 안 하고 좀 평화롭게 지낼 수 있겠구나 싶었는데, 나의 평화는 채 한 달도 가지 못했다. 그래도 엄마에게 "이혼은 엄마를 위해 하는 거야. 엄마는 내가 책임

질게" 위로하며 오랜 기억까지 끄집어내 탄원서를 써내려갔다. 그런데 그다음 날 엄마에게 다시 연락이 왔다. 조금 더 참고 살아 보겠단다. 순간 화가 치밀어 올라 출가해야겠다고 생각했다. 매일 새벽 예불에 참여할 만큼의 간절함은 없지만, 출가하면 부모님과 연락을 끊어도 누가 뭐라 하지 않겠지 싶었다. 수십 년째 반복되는 부모님의 싸움에 더 이상 끌려다니고 싶지 않았다. 그만 괴롭고 싶고, 그만 상처받고 싶었다. 그런데 며칠간 출가를 고민하다 마음을 접었다. 어이없게도 이유는 아침에 일찍 일어나기 싫어서, 그리고 단체 생활에 자신 없어서. 무엇보다 종교를 도피처로 삼아 원치 않는 삶을 살기엔 나는 나를 사랑했다. 그래서 너무 애쓰지 않기로 했다.

암자에 살면서 반복해서 듣던 노래 두 곡이 있다. 하나는 김두수의 '산', 다른 한 곡은 루시드폴의 '바람, 어디에서 부는지'다. 루시드폴은 내가 가장 좋아하는 뮤지션이고, 80년대 포크 3대장이라고도 불리는 뮤지션 김두수는 암자에서 무심히 꺼내든 CD를 듣다 처음 알았다.

"그 어디에나 길은 있고 어디에도 길이 없네

애달픈 지상의 꿈이여

저 산은 변함이 없는데 우린 모두 어디로들 흘러가나

그 메마른 땅 길 위에 적막히 우는 새여 산으로 날 인도하리

산아 산아 나의 사랑 산"

- 김두수, '산'

"바람, 어디에서 부는지 덧문을 아무리 닫아 보아도

흐려진 눈앞이 시리도록 날리는 기억들. (중략)

혼자라는 게 때론 지울 수 없는 낙인처럼

살아가는 게 나를 죄인으로 만드네."

- 루시드폴, '바람, 어디에서 부는지'

읊조리듯 노래하는 두 사람, 산속에서 듣는 산, 살아 있는 게 죄인 같았던 나……. 그해 겨울 나는 어디로 흘러가고 있던 걸까.

만두 가내수공업

암자 생활 중 가장 기억에 남는 건 '만두 공양'이다. 우리는 만두를 질리도록 만들고 질리도록 먹었다. 처음엔 우리끼리 먹으려고 만들었는데 일이 점점 커졌다. 요리에 진심인 스님은 음식을 만들어 베푸는 걸 좋아하셨는데, 손이 워낙 커서 한 번에 만드는 양도 엄청났다. 스님은 만두를 한 번에 몇 백 개씩 만들어 이웃 사찰에 나누기 시작하셨다. 혼자서는 다 만드실 수 없으니 우리가 함께 도왔다. 무공스님 표 만두는 인기가 많았다. 만두 빚기는 손이 많이 가는 일이라 절에서도 특별한 날이 아니면 잘 하지 않고, 더군다나 채식 만두는 파는 곳도 많지 않으니 더욱 그랬다.

스님은 우리가 만두 좀 그만 만들자고 불평하면 눈치를 보시면서도 너무나 해맑게 말씀하셨다.

"아니, 사람들이 우리 만두 맛있다고 자꾸 그러니까. 먹고 싶다는데 어떡해……. 우리만 맛있는 거 먹으며 즐겁게 살 수 없잖아."

아, 정말이지 미워할 수 없는 분이다. 스님은 나누고 베푸는 것에 진심이었다. 이제 주변 골짜기 어지간한 곳엔 스님의 만두가 다 전달된 것 같으니, 스님이 더 먼 곳을 찾아 나눔의 손길을 뻗기 전에 누군가 결단을 내리지 않으면 안 됐다.

"스님, 저 이제 만두 안 먹을래요. 만두도 그만 빚고 싶어요."

스님은 반기를 드는 날 보시며 "그래, 알았어" 하고 대답하셨지만 조금 당황하신 듯했다. 그래도 스님의 만두 빚기는 끝나지 않았다. 내가 스님의 일손을 거들지 않으려고 자리를 비워도 스님은 보살님과 함께 미리 준비해둔 엄청난 양의 재료를 모두 소진할 때까지 만두를 빚고 또 빚었다. 보살님은 이미 모든 것을 내려놓으신 듯 스님과 손발을 맞춰 척척 만두 빚기와 찌기를 반복하셨다.

'아…… 여기는 만두 지옥이야…….'

만두 만들기에 동참하지 않으면서 한 공간에 있는 건 고역이었다. 방문을 닫고 방 안에만 있거나 추운 밖에서 시간을 보냈다. 만두 공장은 그 후로도 한참 동안 성업했고, '내가 만두 지옥에 제 발로 찾아왔구나' 체념할 때쯤에야 비로소 문을 닫았다. 드디어 해방이었다.

지나고 생각해보니 사람 좋아하고 정 많은 스님은 혼자 사시다가 우리와 함께 살면서 많이 좋으셨던 것 같다. 산중 암자에 여자 넷이 재미나게 산다는 소식이 골짜기 다른 절에도 퍼지면서 조용했던 암자에 손님 방문도 많아졌다. 그래서 사람들에게 만두 공양을 핑계로 우리 넷이 이렇게 즐겁게 살고 있는 걸 자랑하고 싶으셨던 게 아닐까.

말로는 만두 지옥에 빠졌다 말했지만 나도 그때의 따뜻함이 좋았다. 가끔 그때 먹은 만두가 그립다. 스님이 만든 만두소도 정말 맛있지만, 보살님의 만두 굽는 실력은 우주 최고였다. 거기다 곁들인 특제 소스 또한 완벽했다. 정말 진지하게 '이걸 내다 팔아볼까' 하는 생각까지 했을 정도였으니까. 무엇보다 그때 우리가 먹었던 만두에는 그곳에서의 즐거웠던 기억과 따뜻했던 마음까지 함께 담겨 있어 더 특별했다.

어쩌면 가족

암자에서 사는 동안은 암자 식구들 앞에서 예민하지 않은 척, 무던한 척 스스로를 포장하지 않았다. 불편하면 불편한 기색을 그대로 표출했다. 친한 친구와 가족을 제외하고 나의 예민함을 그대로 드러낸 건 그때가 처음이었다. 그곳에서는 어쩐지 그러고 싶었다. 그래서 미안했지만, 감사하게도 모두가 이런 나를 '쟤는 저런 부분이 예민한 사람이구나' 하고 자연스럽게 받아들였다. 스님은 그런 날 조금 어색해하긴 하셨다. 절에서 스님은 어른이고 스승인데, 그런 스님을 극진히 모시는 신도들과 달리 난 자꾸만 스님 말씀에 토를 달고 또박또박 말대꾸했으니, 얘는 뭔가 싶으셨을 거다. 그래도 싫은 소리 한 번 안 하셨다. 다만 단둘이 있을 때면 어색해하시는 게 온몸으로 느껴졌을 뿐.

한 번은 선유보살님이 서울에 일이 있어서 암자를 며칠 비우신 적이 있다. 다인이도 없을 때라 스님과 나는 번갈아 가며 보살님께 언제 오시는지 계속 연락했다. 종일 스님과 둘이서만 같이 있는 게 그때는 왜 그렇게 어색하고 불편하던지. 넷이 있을 땐 안정감을 느꼈는데 둘만 남겨지니 빈자리가 너무 컸다. 보살님은 아직까지도 이 이야기를 하며 나를 놀린다. 다른 사람들하고는 두루두루 잘 지내면서 신기하게 둘만 있으면 어색해한다고. 물론 지금은 그러지 않는다. 세월이 지나고 가끔 스님을 찾아뵈며 둘 사이의 어색함은 사라졌다. 나이를 먹고 나니 스님께 죄송한 마음만 남았다. 내가 너무 철이 없었다.

지금은 모두 그곳을 떠났지만, 산속 작은 암자에서 시작된 인연은 10년 넘게 계속 이어지고 있다. 우리는 서로의 안부를 묻고 왕래하며 그때의 추억을 이야기하고 그리워한다. 여전히 베푸는 걸 좋아하시는 무공스님은 소외 계층을 위한 자비를 행하며 사시고, 선유보살님은 오랜 참선 수행으로 진짜 보살이 되셨다. 다인이는 좋은 사람을 만나 세 아이의 엄마가 돼 살고 있고, 나 역시 좋은 친구를 만나 잘 살고 있다. 판타지 같았던 석 달간의 암자 생활은 살다가 지칠 때마다 떠올리는 것만으로도 큰 위로가 된다.

나이도, 성격도 모두 다른 우리가 만나 즐겁게 살았던 경험은 '이런 형태의 가족을 구성해 살아도 괜찮지 않을까' 하는 막연한 상상을 하게 했다. 서로의 부족한 부분을 채워주고 의지하면서 따뜻하게. 성별과 나이를 떠나 서로 깊은 신뢰를 바탕으로 의지하고 살면 가족 아닐까? 가족이 꼭 함께 영원해야 한다는 건 어쩌면 고정관념일지도 모르겠다. 우리는 그땐 가족이었지만 지금은 아니다. 하지만 여전히 서로를 염려하고 서로의 안부를 묻는다. 이렇게 조립과 분해가 쉬운 가족도 괜찮겠다고 생각했다.

스님은 송잇국을 좋아하는 나를 위해 국을 한솥 끓여 냉동해

택배로 보내주시기도 하고, 가끔 찾아뵐 때면 하나라도 더 맛있는 걸 먹이려고 요리를 잔뜩 준비하신다. 스님이 바닷가가 있는 지역에 사시면서는 "네가 비건만 아니면 이 동네 해산물 맛집들을 다 데려갈 텐데"라며 아쉬워하시며 헤어질 때면 바리바리 먹을 것들도 챙겨주신다. 나이가 드니 그런 마음이 보인다. 누군가를 위해 음식을 준비하는 마음.

작년엔 암자 식구들을 만나 추억팔이 투어를 했다. 전라도와 경상도, 서울에 거주하는 식구들을 한 번에 만나기가 쉽지는 않다. 보살님은 종종 만날 기회가 있었지만 스님과 다인이는 몇 년간 만나지 못했다. 코로나로 인해 만남이 더 조심스럽기도 했다. 전라도 끝자락에 사시는 스님을 찾아뵙고, 다시 경상도로 올라가 다인이를 만났다. 육아에 열심인 다인이와는 한동안 전화로만 이야기 나누다가 몇 년 만에 얼굴을 보는데도 엊그제 본 것 같았다. 다인이와는 언제 만나도 반갑고 즐겁다.

"가만 보면 당신이 가장 사회성 없는 것 같은데, 정작 당신 통해서 다들 연결되고 있어. 다 찾아다니며 만나고, 서로의 소식도 전해주고. 서란 아니었으면 연락이 끊어졌을지도 몰라."

다인이가 말했다. 생각해보니 그렇다. 함께 사는 동안 제일 밝고 수다쟁이였던 다인이보다 무뚝뚝했던 내가 연락을 가장 자주 한다. "내가 제일 한가해서 그런가봐"라고 했지만, 그때의 정겹던

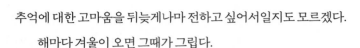

추억에 대한 고마움을 뒤늦게나마 전하고 싶어서일지도 모르겠다.

해마다 겨울이 오면 그때가 그립다.

내
속도로

살고
싶다

도시에선 살기 힘든 '아토피'

제주도로 이사를 마치고 이삿짐 정리를 도와주러 온 엄마가 다시 본가로 돌아가던 날이었다. 엄마는 아는 이 하나 없는 섬에 딸만 혼자 덩그러니 두고 가는 것 같다며 공항에서 눈물을 보였다. 누가 보면 자식을 먼 나라에 이민 보내는 사람처럼. 집 계약까지 다 마치고 나서 엄마에게 제주도에 가서 살겠다고 통보했을 때 엄마는 황당해하셨다. 딸이 제주도에 산다는 건 전혀 상상하지 못했으니 당연했다. 그런 엄마에게 나는 아토피 핑계를 댔다. 공기 좋은 곳에서 살면 아토피가 다 나을 것 같다고. 다행히 엄마가 제주에 머무는 일주일 내내 맑고 깨끗했던 공기는 나의 제주행을 탐탁지 않아 하셨던 엄마의 마음에 조금은 위로가 된 듯했다. 이곳에 사는 동안 아토피가 깨끗이 나았으면 좋겠다며 요양하는 셈 치고 제주도에서 1년만 살다 오라고 하셨다.

나는 아주 어릴 때부터 아토피피부염을 앓고 있다. 아토피에 대해선 할 말이 아주 많기도 하지만, 사실 다른 사람들과 대화하고 싶지 않은 주제이기도 하다. 아토피를 가진 사람과의 대화는 내가 가장 아프고 힘들었을 때의 기억이 떠올라 괴롭고, 아토피를 경험하지 않은 (하지만 주변에 아토피를 경험한 사람이 있는) 사람과의 대화는 "어디서 보니까 뭐가 좋다더라", "어떻게 해봐라" 등등 여러 조언

들로 불편하다. 물론 걱정돼서 하는 이야기라는 건 알지만, 40년 넘게 아토피를 앓아온 나에겐 대부분 이미 알고 있는 정보이거나 써본 방법들이다. 이런 이야기를 수백 번 듣다 보면 듣는 입장에서는 결국 다 스트레스일 수밖에 없다.

아토피는 원인이 복잡하고 다양한 데다, 완화와 재발을 반복하기 때문에 치료가 쉽지 않은 난치병에 속한다. 정신적 스트레스도 아토피 증상을 악화시킬 수 있다. 아토피가 심해지면 우울증 등의 정신 질환을 야기하는데, 심각한 경우 사회생활에 지장을 주기도 한다. 반대로 우울감의 정도가 가려움에도 영향을 준다. 결국 '스트레스-아토피-우울증'이 계속 반복되다 보니 쉽게 치료가 불가능하다. 게다가 심한 아토피로 인한 가려움과 쓰라림은 상상을 초월한다.

나는 열두 살 무렵 아토피피부염을 진단받았다. 단골로 다니던 피부과가 있었는데, 어느 날엔가 갑자기 의사 선생님이 어떤 책자를 펼쳐 보이며 엄마에게 "이 아이는 아토피성 피부염입니다"라고 말했다. 병원에서 아기 때는 '태열'로, 조금 더 커서는 '습진'으로 진단받아 그런 줄로만 알고 있었다. 유치원에 다니던 무렵부터 엄마가 연고를 발라주던 기억이 난다. 집에는 항상 처방받은 스테로이드 연고가 있었고, 나는 얼굴, 손, 발, 다리 어디든 발진이 올라오면 강도 높은 스테로이드 연고를 화장품 바르듯 마구 발라댔다. 스테로이드 연고의 위험성은 알지 못했고, 널리 알려지지도 않던 때였다.

오랜 병원 치료와 한약 복용, 민간요법에 지쳐 모든 것에서 해방되고 싶던 20대 초반, 나는 한순간 모든 치료를 중단했다. 스테로이드 연고를 한 번에 끊자 피부가 뒤집어지기 시작했다. 한의원에서는 상태가 호전되면서 일시적으로 나타나는 명현 반응이니 나아질 거라고 했고, 피부과에서는 극단적인 탈스(탈 스테로이드)는 위험한 행동이라며 경고했다. 그 후로 2년 동안 손발을 잘라버리고 싶을 만큼 고통스런 아토피를 경험했다. 마치 온몸의 독소가 다 피부로 올라오는 것마냥 피부가 온통 진물로 뒤덮였다.

미칠 것 같은 가려움 때문에 잠을 제대로 못 자니 일상은 엉망이 되고, 안 그래도 예민한 성격은 더 예민해졌다. 피가 나고 살이 파이는 걸 보면서도 가려움을 참지 못해 계속해서 긁었고, 피부에선 항상 진물이 흘렀다. 도저히 참을 수 없어 자다가 일어나 샤워하거나 수지침으로 열 손가락 끝을 하나하나 찔러 피를 빼고 찬물에 손을 담그기도 했다. 그렇게 하면 일시적으로 체온이 내려가 잠시나마 가려움이 진정됐다. 상처 부위에 붕대를 감고 면장갑을 끼고 자는데도 아침이면 이부자리에 진물과 피가 묻어 있는 건 예사였다. 이런 날 보며 엄마는 대신 아팠으면 좋겠다고 같이 울기도 했다.

처음 1년은 발을 중심으로 하체에, 다음 1년은 손을 중심으로 상체 전반에 아토피가 올라왔다. 상처와 진물이 심해 일상생활이 어려웠다. 팔과 다리의 오금 부위는 하도 긁다 보니 피부가 거북이 등껍질처럼 딱딱해지고 까맣게 변했다. 불행 중 다행인지 얼굴만은 멀쩡했다. 발이 심할 땐 걷기 위해 아침저녁으로 발 전체에 붕대를 감아줘야 했고, 손이 심할 땐 손가락 하나하나 붕대를 감고 손등과 손바닥에도 따로 거즈를 댔다. 손을 사용하려면 어쩔 수 없었다. 그 상태로 직장 생활을 하며 컴퓨터 작업도 하고 사람도 만났지만, 결국 몇 개월 버티다 너무 힘들어 다니던 회사를 그만둬야 했다. 도시 탈출이 시급했다.

엄마와 함께 서울을 떠나 당시 아버지의 근무지였던 시골에 가서 3개월간 요양했다. 시골에 살면서 삼시 세끼 버섯, 두부, 채소 중심의 밥상을 차려 먹고 하루 두 시간씩 등산을 하거나 바닷가를 산책했다. 조금도 나을 기미가 보이지 않았던 피부는 3개월이 지나자 놀랍게도 원래의 상태로 돌아왔다. 서울에서 혼자 살며 식사도 대충 때우다가 시골에서 맑은 공기 마시고 매일 규칙적으로 엄마가 차려준 건강한 밥상을 챙겨 먹고 운동했으니, 몸이 좋아진 건 어쩌면 당연한 결과였다. 고통스러웠던 지난 경험은 비록 지금은 힘들더라도 언젠간 괜찮아질 수 있다는 믿음을 줬다. 지긋지긋했던 아토피가 나에게 준 깨달음이다.

오랜 경험으로 아토피가 어떤 상황에서 심해지는지 알기 때문에 지금은 재발하지 않도록 꾸준히 관리하고 있다. 덕분에 처음 만나는 사람은 내가 아토피를 가졌는지 눈치채지 못할 정도다. 완치법도 없는 상황에서 양호한 상태를 유지하기 위해 얼마나 더 유난스러워야 하는지, 평생을 이렇게 살아야 하나 싶어 좌절도 많이 했다. 재발과 호전을 반복하는 질환이기 때문에 여전히 조금만 방심하면 어김없이 피부 발진이 올라온다. 하지만 아토피를 내 평생의 동반자라 생각하고 마음을 내려놓고 산 이후로는 전처럼 불안하거나 스트레스 받지는 않는다. 이제는 나에게 맞는 방법을 찾아 짧으면 며칠, 길면 한두 달 정도 신경 써서 관리해주면 괜찮아지기 때문이다. 깨끗한 환경에서 잘 먹고 잘 쉬는 것. 내가 도시를 떠나야 했던 이유 중 하나이기도 하다.

살기 위해 선택한 '채식'

잊히지 않는 기억이 하나 있다. 여섯 살 무렵, 시장에서 좁디좁은 케이지에 갇힌 채 오들오들 떨고 있던 개 한 마리와 눈이 마주쳤다. 보신탕집 앞 그 개의 두려움 가득한 눈빛, 그 모습이 어린 나에겐 큰 충격이었는지 사진처럼 뇌리에 박혀 수십 년이 지난 지금도 아직 생생하다. 어릴 적부터 정육점 불빛도 너무나 싫었다. 선홍색의 조명 아래 그 고기 빛깔도. 사람보다 고등동물이 있다면 사람도 그리될 것 같았다. 한참 호기심 많은 초등학생 때 그런 상상을 많이 했다. 정육점에서 고기를 걸어 놓고 팔듯이 지구를 침공한 외계인이 사람들을 줄줄이 매달아둔 모습, 냉장고 안에 사람 살을 부위별로 나눠 포장해두고 판매하는 모습을 상상했다. 친구들에게 이런 상상을 말하면 '쟤가 제정신인가?' 하는 눈빛으로 나를 바라보곤 했다.

사람들에게 나를 소개할 때 채식을 한다고 말하면 간혹 누군가는 내게 '채식주의자'냐고 되묻는다. 그럴 때면 잠깐 멈칫하게 된다. '주의자'는 어떤 확고한 신념을 가지고 행위를 하는 사람이라고 생각하는데, 나는 그렇지 않기 때문이다. 나의 채식에는 확고한 신념도, 이를 널리 알리거나 상대를 바꾸려는 적극적인 설득 행위도 없다. 그저 내가 살기 위해 나에게 더 잘 맞는 것, 내가 옳다고 생각하는 것, 내가 더 좋아하는 것을 할 뿐이다. 20대에는 왜 채식을 하는지 적극적으로 설명하고 주변 사람들에게도 채식을 권유했지만 지금은 그러지 않는다. 내가 채식을 하면 좋겠다고 말한다 한들 스스로 깨닫기 전까지 아무 소용없기 때문이다. 그리고 언젠가부터 내가 옳다고 생각하는 믿음이 다른 이들에게도 모두 옳은 것일까 하는 의문도 든다. 그래서 함부로 남에게 나의 믿음을 권유하는 것이 조심스럽다.

채식인을 공격하는 사람들은 비아냥대며 말하곤 한다. 똑같은 생명인데 식물은 왜 먹냐고. 사람으로 태어나 어차피 먹어야만 살 수 있는 거라면 상대적으로 이 지구에, 환경에, 동물에, 식물에 피해가 덜한 채식을 하는 것뿐이다. 그리고 대상마다 느끼는 마음의 깊이가 다른 것처럼 동물들에게 느끼는 미안함과 아픔의 깊이가 더 깊기 때문이기도 하다. 사람들이 그렇게 자주 고기를 먹지 않는다면, 다 사용하지도 못할 가죽 신발이나 가방, 의류 등을 수집하지 않는다면, 자신의 건강도 챙기면서 지구도 좀 덜 아플 텐데 안타까울 뿐이다. 그저 한 가지 바람이 있다면, 고기가 자신의 밥상에 오르게 되기까지의 그 과정을 외면하지 말고 감사한 마음으로 먹었으면 좋겠다.

나는 태어나면서부터 몸 자체가 동물성 음식의 섭취를 거부했던 것 같다. 엄마 젖이 나오지 않아 분유를 먹어야 했는데, 분유가 몸에 맞지 않아 미숫가루를 먹고 자랐다고 한다. 크면서도 자연스럽게 채식 위주의 식사를 선호했다. 고기는 밥상에 있으면 조금씩 먹고 없으면 굳이 먼저 찾아 먹진 않았다. 위장의 소화 능력도 현저히 떨어져 고기를 먹으면 비위도 상하고 속이 좋지 않았다. 그러다 성인이 되면서 감정을 느끼는 생명을 먹는다는 것에 죄책감이 들었고, 극심했던 아토피가 이런 생각에 정점을 찍으면서 고기를 먹지 않게 됐다. 이런 나의 의식과 체질이 일치한다는 게 얼마나 다행스러운지 모른다. 시골에서 몇 달간 완전 채식을 하며 아토피가 치료된 경험을 한 후부터는 채식을 하지 않으면 아토피가 다시 심해질 것 같아 불안한 것도 사실이다. 그 이후로 내 몸에는 채식만이 살길이라는 생각에 계속 채식을 이어가고 있다.

집에서 하는 식사에서는 20년째 비건 채식(우유, 달걀을 포함한 모든 동물성 음식을 먹지 않는 채식)을 주로 하고 있지만, 사람들과 어울려 식사를 하는 자리에서는 이를 고수하기가 어렵다. 지금이야 채식 식당이 많이 생겼지만, 2000년대 초중반 아니, 10년 전까지만 해도 서울에서조차 채식이 가능한 식당을 찾기가 어려웠다. 외식할 때면 대부분 주어진 식단에서 최대한 육류를 빼고 먹었다. 유난스런 사람 취급받는 것도 유쾌하지 않은 일이고, 일행이 있다면 일종의 타협이기도 했다. 특히나 사회생활을 하면서 남들이 내 눈치 보느라 가고 싶은 식당에 못 가는 걸 보면 미안함이 커졌다. 나 혼자 불편하고 말자고 생각했다. (결국엔 서로 배려하다가 모두가 불편한 상황이 돼버리곤 했지만.) 그래서 회식이 너무 싫었다. 컨디션이 좋지 않을 땐 아주 조금의 동물성 식재료에도 민감해지기 때문에 지금도 가급적 남들과의 식사 자리는 피하는 편이다.

서울에서 직장 생활을 할 때는 평일 점심과 저녁을 주로 사 먹었다. 먹을 수 있는 메뉴가 한정되다 보니 갈 수 있는 식당이 제한적이라 점심시간에 동료들과 같이 식사할 때마다 마음이 편치 않다. 그렇다고 도시락을 싸서 다니는 건 꿈도 못 꿨다. 일의 특성상 외근이 많은 데다 스케줄도 불규칙할 때가 많았고, 퇴근 후에는 피곤해 지쳐 잠들기 바빴다. 저녁은 주로 퇴근길에 동네 분식집에 들러 포장한 김밥으로 한 끼를 때우곤 했다. 사람이 살아가는 데 꼭 필요한 의식주 가운데서도 가장 기본이 되는 '먹는 것' 자체가 나에겐 스트레스였다. 바쁜 생활로 심신이 지쳐가면서 건강한 음식을 제대로 잘 차려 먹고 싶다는 생각이 들자 자연스럽게 시골에서 농사짓고 사는 그림을 그려가고 있었다.

나에게 맞는 곳으로

　나는 예민하고 까다로운 사람이다. 그런 만큼 남들에 비해 세심하고 꼼꼼한 편이기도 하지만, 유별나다는 말을 들을 정도로 주변 자극에 남들보다 더 과민하게 반응한다. 시각, 청각, 후각, 미각, 촉각 모든 감각에 예민한 편이다. 빛을 잘 보지 못해 햇살 좋은 날 선글라스 없이는 밖에서 눈을 잘 뜨지 못하고, 노트북이나 스마트폰 불빛에도 눈이 시려 항상 밝기를 어둡게 조정해놓고 사용한다. 소리 역시 마찬가지다. 시끄러운 걸 못 견뎌해 음악도 크게 듣지 않고 주로 집에 조용히 있는 걸 좋아한다. 냄새에도 민감한데, 화학제품 냄새는 물론이고 고기 굽는 냄새나 향이 강한 식재료에도 예민하게 반응한다. 요리는 잘 못하지만 미각은 뛰어난 편이고, 비위도 약하다. 촉각 또한 예민해 옷을 살 땐 항상 섬유 혼용률이 표시된 라벨부터 확인한다. 피부에 직접 닿는 옷은 천연섬유로 만든 것을 선택하고, 구매 후에는 라벨이 피부에 닿아 걸리적거리지 않도록 잘 라내고 입는다. 그리고 무엇보다 더러운 것을 못 견뎌 한다.

　외부 자극에 예민하다 보니 불편한 상황을 마주하면 불안감과 스트레스가 신체적인 이상 증세로 나타난다. 두통, 어지럼증, 호흡곤란, 소화 장애 등의 내부 증상은 기본이고, 안면 홍조나 두드러기 같은 외부 증상을 보이기도 한다. 그러다 보니 자연스레 불편 요소들을 제거하기 위해 나만의 원칙을 만들게 되고, 나의 공간에 들어오는 사람들에게도 내가 정한 원칙을 지켜주기를 나도 모르게 강요하게 된다. 가까운 사람으로 옆에 두기에 아주 피곤한 스타일이다. 상대방이 불편할 걸 알면서도 고치는 게 쉽지 않다.

예전엔 예민하지 않은 척, 무던한 사람인 척 외면하려 애썼다. 내가 겪는 불편함을 상대에게 이야기하지 않은 채 '내가 또 너무 예민한가 보다' 하며 나의 예민함을 외면했다. 그러다 비슷한 상황이 자꾸 반복되면 참지 못하고 불편함을 토로하거나 말없이 상대방과 연락을 끊어버렸다. 상대는 그저 내가 어떤 부분에서 예민한지 몰랐을 뿐인데 말이다. 언젠가부턴 그런 당황스러운 상황이 생기지 않도록 나를 설명하기 시작했다. 난 이런 부분이 예민하니 조심해달라고. 또한 나를 자극하는 상황에 닥쳤을 때 나의 예민해진 감정이 누구나 공감할 만한 상황 때문인지, 아니면 내 성격 때문에 크게 받아들이는 건지 헷갈릴 경우엔 주변 친구들에게 의견을 묻기도 한다.

가끔은 이런 내 예민함을 스스로도 감당하기 힘들다. 쉽게 상처받고 사소한 일에도 과민하게 반응하니 스트레스에 대한 민감도가 높아 자주 지치기 때문이다. 게다가 도시에 살며 많은 자극에 노출되다 보니 스트레스가 더 커졌다. 이 예민함을 낮추기 위해 많은 애를 썼지만 잘되진 않았다. '무던한 사람이고 싶다'는 생각이 들 때마다 도시에 비해 주변 자극이 적은 시골에 가면 사는 게 좀 더 편해지지 않을까 하고 생각했다.

　나는 예민한 성격에다 생각도 많은 편이다. 의식적으로 노력하지 않으면 생각이 꼬리에 꼬리를 물어 도무지 끝나지가 않았다. 그래도 어릴 땐 생각이 재미있는 방향으로 흘렀다. 중학생 때는 나중에 크면 '공상학'이라는 학문을 만들어서 공상학 교수가 될 거라고 말하곤 했다. '바르게 공상하기', '현실에 적용하는 공상', '망상에 빠지지 않기'…… 이런 과목을 만들면 재미있지 않을까? 이런 이야기를 하면 착한 나의 친구는 재미있을 것 같다며 맞장구를 쳐줬다. 하지만 어른이 되고 나니 생각이 많은 것이 괴로울 때가 많았다. 생각이 계속될수록 걱정과 불안에 빠지기 쉽기 때문이다. 그래서 자주 흐름을 끊어줘야 한다.

　20대의 나는 계속해서 '왜'라고 물었다. 내 존재에 대한 근원적인 물음이 머릿속을 떠나지 않았다. '나는 왜 살아야 하는가.' 내가 살아 있어야 할 이유를 아무리 생각해봐도 가족과 친구들의 상심 외엔 떠오르지 않았다. 그 반대의 이유도 한 가지로 명료했다. 우울하고 가치 없는 삶을 지속하는 것은 의미가 없다는 것. 날 아끼는 사람들의 낙담과 가치 없는 삶을 지속하는 것 중 어느 것의 무게가 클까. 아주 오랫동안 이 문제를 푸는 것이 나의 숙제였다. 이 문제의 답은 소록도에서 만난 한 할머니로부터 얻을 수 있었다.

　　소록도의 한 병원에서 봉사활동 중 '이쁜이 할머니'를 만났다. 할머니는 치매를 앓았는데, 항상 '이쁜이'라고 부르는 인형을 꼭 안고 계셨다. 웃는 모습이 천진하고 예쁜 할머니는 여섯 살 아이처럼 웃고 말하고 행동하셨다. 나는 이쁜이 할머니와 대화하는 것이 즐거웠다. 할머니는 내가 어떤 질문을 하든 전혀 예상치 못한 엉뚱한 답으로 나를 웃게 하셨다.

　　할머니의 손톱을 깎아드리던 어느 날이었다. 혼자 생각에 빠져 있다가 나도 모르게 혼잣말이 나왔다.

　　"행복이 뭘까요? 어떻게 사는 것이 잘 사는 걸까요?"

　　그런데 할머니가 이렇게 답하는 것이 아닌가.

　　"지붕 있고 네모반듯한 집에서 잘 먹고 잘 싸면 그게 잘 사는 거지, 행복이 별거 있나?"

　　한 방 크게 얻어맞은 듯했다. 놀라서 할머니를 쳐다보니 해맑게 웃으며 이쁜이 인형을 토닥이고 계셨다. 계속 치매 상태라고만 생각했던 할머니가 실은 그동안 나의 넋두리를 다 알아듣고 계셨던 걸까? 어쩌면 나에게 이 말을 해주려 아주 잠깐 온전한 정신으로 돌아왔던 건 아닐까? 진실은 알 수 없다. 중요한 건 행복은 아주 단순한 것이라는 할머니의 말씀이었다.

　　그날 나는 처음으로 '왜 살아야 하는가'가 아니라 '어떻게 살아야 하는가'라는 질문을 던졌다. 질문을 바꾸니 생각이 바뀌었다. 둘 중 하나를 선택해야 하는 문제가 다양한 답을 선택할 수 있는 문제가 됐다. 가치 없는 삶을 지속하는 것은 의미가 없다는 나의 견해에는 내가 그런 삶을 살고 있음을 전제했다. 이 전제를 바꾸려면 내가 가치 없는 삶을 살고 있지 않음을 증명해야 한다. 생각해보면 나는 삶의 의미를 찾기 위해 나름대로 열심히 살아왔다. 다만 어떻게 살아야 할지 몰라 그 방법을 찾아 헤매고 있었을 뿐이다. 나를 믿지 못하고 끊임없이 의심하다 보니 정작 아름답게 빛나야 할 시기에 빛을 잃고 살았다. 나 스스로를 믿고 그저 한 발자국씩 내딛으면 됐는데 말이다.

나는 의심이 많고 세상에 당연한 건 없다고 생각하는 사람이다. 이 세상에 당연하게 가야 하는 길도, 당연하게 주어지는 것도 나에겐 없다. 모두에게 똑같은 인생이 정해져 있는 것처럼 초·중·고·대학교를 나와 직장에 다니고, 결혼을 하고, 아이를 낳고, 또 그 아이가 결혼을 해서 아이를 낳아 손주를 보고, 그렇게 저물어가는…… 그런 정형화된 틀에 맞춰 살고 싶지 않았다. 때로는 적당히 타협도 하며 살고 있지만 사회적 기준보단 나의 기준이 중요한 편이다. 남들이 다 아니라고 해도 내가 맞다고 생각하면 한다. 내 행동이 다른 사람에게 피해를 주지만 않는다면.

제주도를 떠나 다시 대학을 거쳐 직장 생활을 하면서 그래도 서른 중반까지는 도시에서 적응하고 적당히 양보하며 살 수 있었다. 그러는 동안에도 마음 한구석에서는 도시인이라는 옷이 나에게 어울리지 않는다고 생각했다. 서울에서 살면 살수록 나에게 맞는 환경이 어떤 것인지 명확해졌다. 나와 맞지 않는 곳에서 너무 오래 살고 있다는 확신이 들었다. 이제는 도시 유목민으로 살기를 멈추고 어딘가에 정착하고 싶기도 했다. 그리고 그곳은 당연히 산자락일 거라고 생각했다. 가끔 산에 갈 때면 마음이 그렇게 편할 수가 없었다. 도시에서는 10분만 걸어도 힘들었지만, 산속 흙길은 몇 시간을 걸어도 즐거웠다. 꼭 높은 산이 아니더라도 괜찮았다. 나무로 둘러싸인 숲속에 있기만 해도 마음이 너무나 평온해졌다. 그래서 언젠가는 꼭 숲에 살겠다 다짐했다.

그러던 어느 날, 출근길 지하철에서 호흡곤란이 왔다. 생전 처음 마주한 공포였다. 겨우 지하철역 밖으로 나와 호흡을 가다듬은 후 한참이 지나서야 다시 지하철에 탈 수 있었다. 그게 시작이었다. 그 뒤로도 호흡곤란은 어지럼증, 구토 증세와 함께 시도 때도 없이 찾아왔다. 대중교통을 이용하거나 사람 많은 곳에 가기가 무섭고 괴로웠다. 대신 산을 자주 찾았다. 어릴 때부터 막연히 좋아했던 산은 어느 순간 내가 제대로 숨 쉴 수 있는 유일한 장소가 됐다.

이제는 산이 있는 곳으로 떠날 때가 됐구나, 싶었다.

나 홀로 시골살이를 시작하다

2장

시골
살이

준비
하기

서울에서 농사를 배우다

시골이 고향도 아니고 시골살이는 해본 적도 없으나, 산이 좋고 숲이 좋은 나에게는 그곳에 사는 것이 당연한 미래였다. 산촌으로의 이주를 결심했을 무렵, 평소처럼 아침에 메일함을 확인하다가 서울시에서 배포한 보도자료가 눈에 들어왔다. 강동구의 한 친환경 농업 체험 교육장에서 3개월간 진행하는 귀농 교육 참여자를 모집한다는 내용이었다. 나를 위한 교육이다 싶었다. 꿈을 자꾸 미루지 말자는 생각에 곧바로 신청했다. 본격적인 귀농 준비의 시작이었다.

4월부터 7월까지 넉 달간 하루도 빠짐없이 토요일마다 농장에서 생애 처음 농사를 배웠다. 세상에, 농사가 이렇게 신나고 즐거운 일이었다니! 돈 버는 게 목적이 아니라면 세상에 이보다 더 가치 있고 아름다운 일도 없으리란 생각이 들었다. 따지고 보면 당연했다. 평일에는 농장에서 다 관리해주고 고작 주말에만 가서 거들었을 뿐이니, 즐거울 수밖에.

어쨌든 생애 첫 농사는 날 설레게 했다. 평일에는 항상 피곤에 절어 살다가도 토요일 아침만 되면 눈이 번쩍 떠졌다. 마치 소풍 가는 아이처럼 들뜬 마음으로 지하철을 타고 농장에 갔다. 작은 것 하나라도 놓칠세라 선생님 말씀을 메모해가며 텃밭 농사를 배웠다.

작물별로 이론 교육을 듣고 재배 실습을 하면서 시골살이에 대한 꿈에 부풀었다. 수강생들은 조별로 구역을 정해 텃밭을 가꿨는데, 조원들도 좋은 분들이라 매 주말이 기다려졌다.

　6월이 되면서 농작물을 수확하기 시작했다. 집으로 돌아갈 때면 수강생들의 장바구니에는 상추와 케일, 깻잎 등의 쌈 채소를 비롯해 토마토, 고추, 오이, 가지, 고구마 등 다양한 수확물이 가득 담겼다. 우리 조에서 막내인 나는 주로 다른 분들이 가져가지 않으실 만한 쌈 채소를 챙겼다. 일주일 동안 쌈 채소만 먹어도 될 만큼 양이 많아 회사 후배들에게 몇 번 나눠주기도 했다. "내가 농사지은 거야"라는 말을 덧붙이면서. 돌이켜 보면, 선배가 준다고 거절도 못 했을 텐데 받아 가서 먹긴 했을까 싶다. 후배들아, 고작 쌈 채소만 줘서 미안하다. 생전 처음 지은 농사가 너무 자랑하고 싶었나 봐. 이 즐거운 걸 난 왜 그동안 안 해보고 살았을까, 인생 헛살았다 싶었다.

　그렇게 넉 달간 서울에서 텃밭 농사 교육을 받으며 나는 서울을 떠날 준비를 했다. 20대 초반부터 친구들에게 "난 언젠가 지리산에 살 거야"라고 말할 정도로 막연히 지리산을 동경했기에 자연스레 이주할 곳을 지리산 자락으로 정했다. 아는 사람 하나 없는 그곳에 연고를 만들고 지역에 익숙해지기 위해 그곳에서 진행하는 귀농 교육을 알아보기 시작했다. 마침 서울에서의 귀농 교육이 끝나는 날부터 지리산 자락의 귀농학교에서 시작하는 두 달 과정의 교육이 있었다. 타이밍이 절묘했다. 매주 주말마다 서울에서 시골까지 왕복 여덟 시간을 오가며 시골 생활에 필요한 교육을 받았다. 그러는 동안 시골살이에 대한 기대감이 점점 커졌다.

시골에선 며느리만 되면 집이 생긴다

　매주 귀농학교 수업이 끝나면 지리산 자락의 마을로 집을 알아보러 다녔다. 먼저 귀농·귀촌인들이 많은 동네로 무작정 찾아갔다. 시골에서는 아직 부동산을 통하지 않고 거래하는 경우가 많다. 매매가 아닌 임대의 경우에는 더욱 그렇다. 귀농·귀촌 선배들은 마을 이장이 빈집 정보를 가장 잘 알고 있으니 시골집을 구하려면 일단 이장을 찾아가라고 조언했다. 그런데 막상 여러 마을에 가서 이장님을 찾아뵙고 빈집 정보를 물어보면, 모르시는 건지 알면서도 가르쳐주고 싶지 않으신 건지 대부분 없다고 하셨다.

　두 번째로 집을 알아보러 간 날, 전략을 바꿨다. 자고로 이웃집의 정보를 빠삭하게 아는 건 여자들 아니던가. 할머니들을 공략했다. 어느 마을의 당산나무 아래, 정자에 앉아서 쉬고 계시는 할머니 몇 분이 보였다. 밝게 인사드리며 곁으로 스윽 다가가 엉덩이를 붙이고 앉았다.

　"어디서 오셨소?"

　낯선 외지인에게 관심을 보이니 일단 성공이다.

　"서울에서 왔어요. 여행 왔는데 여기 공기도 맑고 마을이 참 예뻐요."

　이렇게 말하면 마을 어르신들은 대부분 동네 자랑을 시작하신다.

"그라지. 공기 좋지, 농사지어 먹으니 먹을 거 걱정 없지. 그러니 다덜 장수하고."

옆에서 다들 한 말씀씩 거드신다.

"인심도 좋지. 우리 부락엔 여태 도둑 한 번 든 적이 없어."

"지리산이 영험한 산이라. 여만큼 살기 좋은 데도 없지."

어르신들의 마을 자랑이 끝나갈 때쯤 나는 슬슬 본색을 드러냈다.

"사실 제가 지리산 자락에 너무 살고 싶어서 집을 알아보고 싶은데요. 이 마을에서 빈집을 구하려면 누구한테 여쭤봐야 할까요?"

"결혼은 했나? 바깥양반하고 자식은?"

"안 했어요. 혼자 올 거예요."

"시골서 혼자 살라고? 왜 여적 결혼을 안 했대?"

어르신들과의 대화에서 항상 빠지지 않는 결혼 이야기. 더 길어지기 전에 매듭짓는 게 중요하다.

"그러게요. 너무 일만 열심히 하고 바쁘게 살다 보니 그렇게 됐네요."

"우리 동네는 빈집 없을걸. 살기 좋아서 외지인들이 많이 들어왔거든. 집 구하기 힘들어. 빈집 있어도 자식들이 못 내놓게 해."

"아…… 역시 좋은 동네는 집도 귀하네요."

아쉬워하며 자리를 뜨려 하자 할머니 한 분이 슬쩍 일어나시며 손짓하셨다.

"우리 집에서 커피나 한잔 마시고 가."

할머니를 따라 댁에 들어서니 "점심 안 먹었지?" 하시며 금방 한 상 가득 식사를 내오셨다. 사양할 겨를도 없이 순식간에 차려진 밥상에 당황한 것도 잠시, 너무 맛있게 먹었다. 다 먹고 나니 할머니는 커피와 함께 사진 한 장을 들이밀었다.

"어뗘? 우리 막내아들인데, 지금 대기업 다녀. 우리 아들이어서가 아니라 참 착하고 성실해."

"네…… 훌륭한 아드님을 두셨네요."

"아, 시골서 뭐 하러 여자 혼자 살려고 해? 우리 아들 만나봐. 그리고 이 집에 들어와 살면 되지. 그럼 다 아가씨 것 되는데. 우리 아저씨 가고 자식들 다 결혼하고 아들 하나 남았어. 내가 살면 얼마나 더 살겠어……."

"아드님이 알아서 좋은 분 잘 만나시겠죠. 그리고 저는 시골에 살고 싶은데 아드님은 도시에 사시잖아요."

"아가씨만 좋다면 아들더러 여기 와 살라고 하면 되지. 그럼 나도 좋고."

"하하하하, 아드님이 그러실까요?"

"우리 아들은 내 말 잘 들어. 근데…… 한 가지 흠이 있는데, 나이가 좀 많어."

"몇 살인데요?"

"마흔이 넘었어."

"에이, 뭐 요즘 마흔 넘어 결혼 안 한 사람들이 어디 한둘인가요?"

그깟 나이는 대수롭지 않다는 나의 반응에 할머니의 얼굴에 화색이 돌았다. 할머니는 집 구석구석 날 데리고 다니며 소개해주시더니, 급기야 가족 앨범까지 꺼내 보여주셨다. 아, 어쩌지. 당황스러운 상황에서 어떻게 빠져나가야 하나 난감해하고 있는데 밖에서 기척이 들렸다. 아까 함께 있던 다른 할머니다.

"아가씨 아직 여기 있었네. 커피 다 마셨으면 잠깐 나와보게."

무슨 일이냐는 첫 번째 할머니의 물음에 두 번째 할머니는 별다른 말씀 없이 나에게 따라오라고만 하셨다. 잘 생각해보라는 첫 번째 할머니의 당부를 뒤로하고 또 다른 어르신을 따라나섰다. 할머니를 따라 걷다 보니 어느 조립식 건물 앞에 다다랐다.

"우리 아들이 여름에 와서 가끔 쓰는 집인데, 여긴 어떤가? 원룸에 에어컨도 설치하고 주방이랑 화장실도 있고. 혼자 살기는 괜찮을 거여."

"깨끗하고 좋은 것 같아요. 이렇게 좋은 집이 있는데 왜 아까는 빈집이 없으시다고……"

"나는 비워두느니 월세도 좀 받고 아가씨가 들어와서 깨끗하게 살면 좋을 거 같은데, 아들한테 물어봐야 해. 아들은 또 싫다고 할 수도 있어. 물어보고 전화할 테니 전화번호 주고 가."

월세는 20만 원이라고 하셨다. 이런 산골짜기 마을에서 좀 비싼 거 아닌가 하는 생각이 들었지만, 워낙 빈집 구하기 힘든 동네라 그러려니 하고 아드님께 잘 말해달라고 부탁드렸다. 이 마을은 희한하게 다 같이 있을 땐 집이 없다 하더니 다들 따로 불러서 말씀하셨다. 원래 시골 마을은 비밀이 많은가 생각하며 마을에서 내려와 버스정류장으로 향했다. 하루에 몇 대 다니지 않는 버스를 마냥 기다리느니 읍내 방향으로 계속 걸었다. 한참을 걸어 어느 마을의 버스정류장에 닿았다. 마침 벤치에 앉아 버스를 기다리고 있는 할머니가 계시기에 옆에 다가가 앉았다. 다른 벤치에는 할머니의 것으로 보이는 박스가 여러 개 놓여 있었다. 핑계 삼아 말을 걸었다.

"짐이 많네요. 어디 가세요?"

"우체국. 참기름하고 나물하고 아들네 부쳐줄라고."

"아드님이 어디 사시는데요?"

할머니가 "서울 살지" 하시며 주머니에서 아들 집 주소가 적힌 종이를 꺼냈다.

"어머? 저랑 같은 지역에 사시네요? 옆 동네예요."

할머니는 반색하시며 아들 친구라도 만난 것처럼 좋아하신다. 엄마의 마음은 이런 걸까. 자식하고 옆 동네 사는 사람을 만난 게 이

리도 반가우실까. 버스가 오자 할머니 짐을 함께 들고 버스에 올랐
다. 목적지에 도착할 때까지 할머니와 이야기를 나눴다. 할머니는
인근에 사시는데, 장날에 맞춰 마실 나온 김에 이 마을에 사는 여동
생 집에 다녀가는 길이라고 했다. 마지막 일정으로 읍내 우체국에
들러 택배를 부치고 집으로 가실 거란다.

"이 동네는 웬일로 왔어?"

"지리산을 좋아해서요. 이 동네 살고 싶어 집 좀 알아볼까 하고
요. 근데 집 구하기가 쉽지 않네요."

"다음에 또 언제 와?"

"다음 주에 올 거예요."

"그럼 다음 주에 우리 집에 와. 우리 동네에 소개해줄 만한 집이
있어."

할머니는 마을 이름과 함께 집 전화번호를 알려주셨다.

그날 저녁 서울로 돌아오는 길, 두 번째 할머니로부터 전화가
왔다. 아들이 극구 반대해서 집을 못 빌려주겠다고.

"어차피 1년에 한두 번 여름휴가에나 와서 쓰는데……. 비워두
느니 살겠다는 사람한테 빌려주면 좀 좋아. 내 용돈벌이도 되고."

할머니는 못내 아쉬워하셨다.

"할 수 없지요. 연락해주셔서 감사합니다. 건강하세요."

전화를 끊고 다음 주가 되길 기다렸다.

계속되는 며느리 면접

　다시 주말. 이번엔 차를 가지고 세 번째 할머니가 알려주신 마을로 찾아가 전화를 걸었다.

　"저, 지난주에 버스에서 만난 사람인데요. 기억하세요?"

　"어, 기억하지. 우리 집으로 와~"

　할머니는 주소도 가르쳐주지 않으시고 자꾸 집으로 오라 하셨다. 차에서 내려 마을회관 앞에 서 있으니 바로 맞은편 집에서 할머니가 나오신다. 할머니를 따라 댁으로 가 밥을 얻어먹었다. 정 많은 시골 어르신들은 만나면 자꾸 밥부터 챙겨주신다. 시골에서는 착하게만 살면 최소한 굶진 않겠구나 싶었다.

　할머니는 "마을에 몇 해 전 이사 온 양반이 잘 고쳐놓은 한옥이 있는데 지금 아무도 안 살고 있으니 그 집을 보러 가세" 하고 앞장섰다. 집주인이 임대를 위해 내놓은 집인지 여쭙자, 본인이 집주인에게 말하면 빌릴 수 있을 거라며 호언장담하셨다. 집은 규모는 작아도 툇마루가 있는 일자형 한옥으로, 리모델링해 깔끔해 보였다. 집 앞에서 외관을 둘러보는데 옆 건물에서 어떤 아저씨가 나왔다.

　"저 양반이 주인이여."

　할머니가 내게 속삭이더니, 아저씨에게 말을 걸었다.

"여기 아가씨가 이 동네에 빈집을 구하고 있는데 내가 여기 좋은 집 있다고 소개해줬네."

아저씨는 언짢은 기색을 비쳤다.

"집 임대 안 합니다. 여기, 쓸 거예요. 할머니가 괜한 일을 하셨네."

집주인에게 물어보지도 않고 사람부터 데려와 소개를 했으니 그럴 만도 했다.

"실례 많았습니다" 하고 돌아서 가려는데, 아저씨가 나를 위아래로 훑어보더니 "그래도 오셨으니 집이나 구경하고 가요" 하셨다. 비싼 자재로 정성 들여 리모델링한 이야기를 한참 하시다가 대뜸 내게 물으셨다.

"결혼은 안 했소?"

그렇다고 하자 "학교는 어디 나왔는가?" 하고 또 물으셨다. 평소 같으면 초면에 좀 무례하다 생각해 대답하지 않을 질문이지만, 나도 의도치 않게 실례했으니 순순히 답했다. 아저씨는 "여기까지 왔으니 잠깐 차나 마시고 가요" 하더니 옆집으로 이끄셨다. 옆집은 한눈에 봐도 꽤 잘 지어진 근사한 한옥인데, 일반 가정집의 형태는 아닌 것 같았다. 안 그래도 실내가 궁금하던 차였다.

실내에 들어서자마자 복층 구조의 탁 트인 실내에 반해 감탄하는 사이, 아저씨는 다구와 보이차를 챙겨 오셨다. 실내에 원목 좌식 테이블이 여러 개 있는 것으로 보아 찻집을 하다 접었거나, 아니면 찻집을 준비하는 공간인 것 같았다.

"제가 그리던 공간이에요. 이런 데서 찻집 하는 게 꿈이거든요. 부러워요."

내 말에 아저씨는 눈이 동그래져 신나게 말씀을 이어가셨다.

"차를 좋아해서 작년에 여기에 찻집을 차리려고 건물을 지었는데, 혼자 하려니 힘에 부쳐서 말았지. 믿을 만한 사람이 같이하면 좋은데 마땅한 사람이 없네."

"다른 가족분들은 안 계세요?"

"내가 원래 대도시에서 큰 고깃집을 운영했어요. 이제 좀 쉬고 싶어서 식당을 아들한테 물려주고 여기로 왔어. 마누라는 아들이랑 거기서 같이 일하면서 여기 왔다 갔다 하고, 여긴 주로 나 혼자 있어요. 며느리가 이런 걸 좋아하면 같이할 텐데, 아들이 결혼을 안 하네."

슬쩍 아들 이야기를 꺼낸 아저씨는 뒤이어 내게 나이는 몇 살인지, 결혼은 왜 안 했는지, 고향은 어디인지, 시골엔 왜 살려고 하는지 질문하셨다. 내 대답이 마음에 들었는지 자기 아들을 좀 만나보라신다. 궁합도 안 보는 네 살 차이라면서. 그것도 나보다 아래로 네 살.

"아니, 아드님 의견도 물어보셔야지요. 네 살이나 많다고 싫어할 수도 있잖아요."

"여자가 나이 더 많은 게 어때서? 내가 자리를 마련할 테니 한 번 만나봐요."

나이에 대해 편견은 없는 어른이었다. 잠깐 상상해봤다. 고기 냄새도 싫어하는 내 옆에 고깃집 사장님이라니. 생각만 해도 웃겼다.

"제가 채식하는데 고깃집을 운영하는 아드님과 만나는 건 너무 안 맞는데요. 게다가 멀리 사시고, 식당까지 운영하시면 바쁘셔서 만날 시간도 없을 텐데요."

"거기서 여기 오는 데 두 시간이면 금방이고, 사업이야 나중에 잘 조율해도 되고. 일단 내가 아들한테 여기 오라고 할 테니까 만나봐요."

도대체 내 어떤 점이 마음에 들기에 아들과의 자리를 마련한다는 건지 이해할 수가 없었다. 머릿속이 복잡했다. 지난번에 만난 할머니도 그렇고, 아들한테 무슨 문제가 있지 않고서야 어떻게 귀한 자식을 처음 만난 사람에게 떠넘기듯 적극 추천하며 만나보라고 하는 거지? 내가 현모양처의 이미지를 풍기고 다녔나? 그것도 아니면 시골에선 내가 모르는 며느리의 다른 용도가 있는 건가?

아들 이야기만 빼면 대화는 나름 재미있었다. 대화 주제도 다양했고, 귀촌 선배로서 해주신 조언도 감사했다. 보이차를 마시며 이야기하다 보니 두 시간이 훌쩍 지나 어느덧 저녁이 됐다. 아저씨가 인근에 한정식 잘하는 식당이 있으니 저녁을 꼭 먹고 가라며 붙잡으셔서 비싼 한정식까지 대접받았다. 식사를 마칠 무렵 아저씨는 다시 한번 아들 이야기를 하셨다. 아버지 사업 물려받아 성실하게 일하고 부모 말 잘 듣는 착한 아들이라면서. 자기 집 며느리만 되면 원하는 시골집에 살며 하고 싶은 찻집도 할 수 있으니 얼마나 좋으냐면서. 다음 방문일을 물은 아저씨는 아들과 약속을 잡겠다면서 기어이 내 휴대폰 번호까지 받아내셨다.

그리고 다음 날 아침, 그분은 정말 전화하셨다. 내 시간에 맞춰 약속을 잡으려는데 언제가 좋겠냐고. 단호하게 아니라고 진작 말씀드릴 걸 적당히 장단 맞춘 내가 잘못했다 싶었다. 누굴 만나고 싶은 마음이 없고, 결혼 생각은 더더욱 없는데 이런 마음으로 만나면 실례일 것 같다고, 좋게 봐주셔서 감사하고 죄송하다고, 정중하지만 솔직하게 말씀드렸다. 아저씨는 몇 번이나 다시 한번 생각해보라고 하시더니 "정 내키지 않으면 알겠다, 좋은 집 구하고 언제든 편하게 들르라" 하고는 전화를 끊으셨다.

결혼 안 한 여성들이 시골집을 구하러 다니면 다들 이런 에피소드가 생기는 걸까? 재미있으면서도 뭔가 씁쓸하다. 그나저나 아저씨는 함께 찻집을 운영할 며느리를 구하셨을까?

안개에 홀려 길을 잃다

귀농학교에 다니는 동안 집 구하기는 계속됐다. 비가 많이 오던 어느 날, 서울로 돌아가는 길이었다. 고속도로 너머 산자락에 안개가 잔뜩 낀 풍경을 만났다. 홀리듯 안개를 따라 고속도로를 빠져나와 달리다 보니 어느 산동네에 도착했다. 그곳에서 아랫마을을 내려다보는데 너무나 황홀했다. 순간 '꼭 지리산을 고집할 필요가 있을까?' 하는 생각이 들었다. 큰 도시와도 가깝고, 서울에서 두 시간 반 남짓 떨어진 거리라 지리산 자락보다 한 시간이나 단축되니 급한 일이 생길 때에 대비해 나쁘지 않아 보였다.

바로 그 지역의 귀농·귀촌센터에 전화를 걸어 상담을 요청했다. 지역에 연고가 없으니 귀농·귀촌센터가 먼저 떠올랐다. 사무실로 찾아가 귀농·귀촌 멘토와 이야기를 나누고 지역에 대한 정보를 얻었다. 젊은 사람이 온다고 하니 멘토도 반겨주셨다. 괜찮은 집이 있는지 알아봐달라고 부탁드리며 다음 주에 뵙기로 약속했다. 지리산 자락에 마땅한 집을 구하기 힘들었던 차에 뭔가 새로운 길이 생기는 것 같아 설레기 시작했다.

한 주가 흘러 다시 그곳을 찾았다. 그 사이 멘토는 집을 몇 군데 알아봐주셨다. 그중 언덕 위에 있는 한 집이 마음에 들었다. 방과 방 사이에 넓은 거실이 있는 일자형의 개량 한옥과 정원, 탁 트인 전망이 아주 멋졌다. 집에는 집주인인 60대 여성이 혼자 살고 있으며 일 때문에 타지에 거주하는 남편은 한 달에 한 번 들른다고 했다. 집주인은 사실 누굴 집에 들일 계획이 없었지만 여자 혼자 살 거라고 하니 일단 만나보고 결정하기로 했던 것이다. 나 역시 아는 사람 아무도 없는 시골 마을에 혼자 들어가 사느니 처음 1~2년은 이런 식으로 누군가와 같이 사는 것도 괜찮을 것 같았다. 월세를 내고 같이 살면서 지역에 익숙해진 후 새집을 구하거나 집을 짓는 것도 좋은 방법이었다. 멘토에 의하면 집주인 부부 모두 주변으로부터 존경받는 훌륭한 분들이라고 하니 믿어도 될 것 같았다. 집주인도 나와 같이 살아도 괜찮겠다 싶으셨는지, 그 자리에서 바로 화장실 딸린 방 하나를 임대하기로 했다. 그렇게 짧은 만남 후 2주 뒤에 그 집으로 이사하기로 하고 서울로 돌아왔다.

서울 집을 정리하면서 주변에 작별 인사를 했다. 이사 준비는 순조롭게 진행됐다. 그러다 이사를 일주일 앞둔 날 저녁, 집주인으로부터 문자가 왔다.

"우리 인연은 여기까지인 것으로 하지요. 이사는 없었던 걸로 해요."

이게 무슨……. 너무 놀라고 황당해 바로 전화를 걸었다. 집주인은 전화를 받자마자 그냥 끊어버렸다. 다시 전화했지만, 전화기가 꺼져 있다는 안내 음성만 흘러나왔다. 이사를 고작 일주일 앞두고 이사 준비도 다 마친 상황에 이게 무슨 일이지? 너무 어이가 없어 화도 나지 않았다. 아무런 설명도 없이 없었던 일로 하자니. 내가 무슨 잘못을 한 건가 아무리 생각해봐도 이유를 알 수 없었다. 고작 한 번 만났고 안부 문자 한 것 말고는 연락을 주고받은 일이 없는데……. 전화기를 꺼 대화를 차단해버렸으니 설득도 불가능했다. 지금 살고 있는 집에서는 당장 일주일 뒤에 나와야 하는데. 졸지에 갈 곳 없는 신세가 됐다. 너무 성급했던 걸까? 한 번의 만남 후 도시에서 시골로 이사를 결정하다니, 신중한 내가 도대체 왜 그랬을까. 후회했지만 소용없었다. 그저 공중에 붕 뜬 기분이었다.

다음 날, 답답한 마음에 이러한 사연을 귀농학교 동기들의 온라인 커뮤니티 게시판에 올렸다. 내 소식에 다들 나만큼이나 황당해하고 안타까워했다. 지난주만 해도 동기 중 막내가 첫 번째로 집을 구해 이사하게 됐다며 모두 축하해주셨는데……. 교육팀장님은 맥 빠진 나를 대신해 부랴부랴 귀농학교 인근 마을의 이장님과 부녀회장님께 부탁드려 새집을 구할 때까지 당분간 머물 수 있는 집을 알아봐주셨다. 덕분에 이삿짐 업체도 취소하지 않고 며칠 뒤 약속한 날짜에 이사할 수 있었다. 그렇게 돌고 돌아 처음 생각했던 대로 결국 지리산이 보이는 마을로 갔다.

우여곡절
끝

시골살이
시작

두메산골에서 '된장녀'가 되다

우여곡절 끝에 찾은 나의 첫 번째 귀촌지는 가장 가까운 구멍 가게도 7km나 차를 타고 가야 하는 두메산골이었다. 구멍가게는 그나마도 저녁 6시면 문을 닫았다. 마을에는 불과 십여 가구 정도가 거주하고 있는데, 귀촌한 세 가구 외엔 전부 토박이 할머니, 할아버지들만 살고 계셨다. 마을은 작고 예뻤다. 처음 맞이한 시골 풍경은 모든 것이 신기하고, 모든 것이 아름다웠다. 아침마다 알람 소리 대신 새소리에 잠이 깼고, 현관을 나서면 온통 초록이었다. 풀 한 포기, 나무 한 그루, 심지어 길에 난 흔한 잡초까지 너무나 사랑스러웠다.

이사 간 집은 정부의 지원을 받아 마을회관 뒤에 지은 마을 소유의 자그마한 식품 가공 공장이었다. 시골에는 마을마다 정부의 지원으로 지은 건물이나 시설이 많다. 하지만 제대로 활용하는 곳은 드물다. 공간 운영에 있어 마을 주민들 사이에 의견 대립이 있거나 주민들의 나이대가 너무 높아 운영할 만한 사람이 없는 경우가 태반이지만, 깊은 고민 없이 일단 지어놓고 방치하는 것이다. 내가 살게 된 그곳도 다양한 종류의 장(醬)을 만들 수 있는 시설과 찻잎을 덖는 대형 솥 등의 시설이 구비돼 있었고, 마당에는 항아리 수십 개가 있었지만 공장은 한 번도 운영된 적 없이 몇 년째 방치되고 있었다. 공장용 주방 시설 옆 미닫이문으로 분리된 공간 안에는 좁은 복

도와 화장실, 샤워실, 방이 하나 있었다. 혼자 잠시 머물기엔 부족함이 없어 보였다. 월세를 내는 대신에 그동안 마을에서 부담해오던 건물 관리비를 부담하는 조건으로 그곳에 지내기로 했다.

사실 처음 그 집을 소개받았을 때, 방을 들여다보고는 한숨부터 나왔다. 건물을 지어 놓고 몇 년간 사용하지 않아 방 안엔 곰팡이가 가득했다. '여기서 살 수 있을까?' 걱정이 들었다. 하지만 집 상태를 따질 처지가 아니니 그것만으로도 감지덕지했다. 이사 전, 친구의 도움을 받아 곰팡이를 제거하고 도배를 새로 했다. 그런 후 살림살이까지 들여놓으니 나름 아늑해졌다.

동네 어르신들은 내가 사는 건물을 '된장공장' 또는 '황토방'이라 불렀고, 그곳에서 사는 나는 자연스럽게 '된장녀'가 됐다. 시골에서 할머니들은 결혼 전 살았던 고향의 지명을 따서 이름 대신 서울댁, 광주댁 등으로 서로를 지칭했는데, 나는 '된장공장 처녀'나 더 줄여 '황토방'이라 불렸다. 황토벽돌로 지어진 이곳엔 귀농·귀촌하는 사람들의 로망인 아궁이가 있었다. 태어나서 처음 아궁이에 불을 지폈다. 고구마와 감자도 구워 먹었다. 적정기술(지역의 환경과 사회적 여건 등을 고려해 적은 비용으로도 지속 가능하도록 만들어진 기술) 교육을 받은 뒤엔 난방이 어려운 주방에 2단 가스통 난로도 설치했다. 타닥타닥 나무 타는 소리도, 바라보고 있으면 빠져들게 만드는 장작 불꽃도 모든 게 그저 예쁘기만 했다.

시골에서 사는 건 몸 쓰는 일투성이다. 책상 앞에 앉아 머리 쓰는 일만 하던 나는 밖에서 한 시간 일하면 방에 들어와 두 시간을 누워 있어야 했다. 그래도 좋았다. 공기 좋은 시골에서 이것저것 해보고 싶은 일 다 해보며 몸을 쓰니 비로소 살아 있는 것 같았다. 시골에서는 무언가를 얻으려면 부지런히 몸을 움직여야 하는데, 정말 몸을 쓰는 만큼의 대가가 정직하게 돌아왔다.

그렇게 한 달쯤 지내보니 예상치 못한 문제가 생겼다. 이 집 아궁이의 효율이 영 '꽝'이었다. 큰 장작을 일곱 개는 넣어야 방이 겨우 데워졌고, 내가 원하는 수준으로 방바닥이 '지글지글' 뜨거워지려면 장작 일곱 개로는 어림도 없었다. 건축 일을 하는 지인이 보더니 아궁이와 바닥 설계가 잘못돼 있다고 했다. 그래서 나무를 많이 먹고 비효율적이라는 것이다.

그러다 보니 많은 땔감이 필요했지만, 땔감 구하는 일은 만만치 않았다. 인근 산에 가서 땔감을 구해오는 것도 한두 번이지, 나무 나르기가 보통 힘든 게 아니었다. 겨울이 지나면 바로 새로운 집을 구해 나갈 예정이었던 터라 대량의 장작을 구매하기도 부담스러웠다. 내 방은 아궁이와 기름보일러를 겸용으로 쓸 수 있는 구조였는데, 결국 겨울이 거의 끝날 무렵부턴 아궁이 난방을 포기하고 기름보일러로 갈아탔다. 시골살이 로망을 포기하지 못해 끝까지 아궁이 난방을 해보려다 현실을 깨닫고 보일러를 틀었지만, 이 방은 나무도 많이 먹더니 기름도 많이 먹었다. 등유 가격은 비쌌고, 시골에서의 겨울은 매우 춥고 길었다. 도시가스가 얼마나 효율적이고 감사한지 뼈저리게 느꼈다.

집에 살아보니 건물의 여기저기 부실한 곳이 한두 군데가 아니었다. 정부가 진행하는 입찰 공사는 부실시공이 많다더니, 지어진 지 몇 년 안 된 이 건물 곳곳에도 균열이 많았고, 문틀과 문 크기도 맞지 않았다. 바닥의 방수 공사도 잘못됐는지 난방을 하면 장판 밑에 습기가 가득 생겼다. 결국 방 안에 들여놨던 짐을 다 끄집어낸 뒤 장판을 걷어내고 며칠 동안 바닥의 물을 다 말린 적도 있었다.

그래도 낯선 이방인을 받아준 마을에 감사해 비어 있던 건물에 온기를 채우고, 군데군데 보수도 하며 건물 구석구석을 매일 쓸고 닦았다. 그러다 보니 자연스레 집에 애착도 생겼다. 그동안 도로명 주소 부여가 누락됐던 건물에 새 주소를 받아 전입신고를 했다. 건물 명의자인 예전 이장님을 모시고 한전 지사에 가서 기존에 사용하던 산업용 전기도 가정용으로 변경했다. 공장 용도로 지어진 건물이라 전력 기본 요금이 비쌌다. 마을에서는 전기를 사용하지 않았던 지난 몇 년 동안에도 매달 전기 요금을 7~8만 원이나 납부하고 있었다. 내가 사용 중인 방과 주방의 사진을 찍어 제출해 공장 건물이 가정집으로 사용되고 있음을 증명한 뒤에야 기본료가 저렴한 가정용 전기로 변경할 수 있었다. 훗날 누구라도 이 건물을 다시 사용할 수 있도록 집의 작은 부분들을 하나씩 다듬어갔다.

오래된 빈집은 그만한 이유가 있다

　몇 개월만 신세 질 요량으로 들어온 집에서 예상보다 거주 기간이 길어졌다. 여름의 끝자락에 시골로 이주하고 겨울을 나기까지 길어야 6개월 정도를 예상했지만, 그동안 이사갈 집을 찾지 못해 계속 머물러야 했다. 마을회관에 가 빈집을 소개받기도 하고, 위성지도를 보고 주변 환경이 괜찮아 보이는 곳을 직접 찾아다니며 열심히 집을 알아봤다. 그러나 시골집 구하기는 생각보다 어려웠다. 마음에 드는 위치에 집이 있어 건축물대장을 확인해보면 무허가 건물인 경우가 많았다. 토지 소유주와 건물 소유주가 달라 나중에 법적 시비가 붙을 가능성이 있는 집도 심심찮게 만났다. 괜찮은 빈집이 있다는 소식이 들리면 달려갔지만, 내 집이다 싶을 정도로 마음에 드는 집은 쉽게 나타나지 않았다.

　단순히 혼자 살 집을 찾는 게 아니다 보니 필요한 집의 조건이 나름 까다로웠고, 그러니 쓸 만한 집이 쉬이 눈에 띄지 않았다. 내가 머물 안채는 내가 쓸 방과 지인이 와서 머물 수 있는 방, 이렇게 방이 두 개면 충분했지만, 개조해서 카페로 사용할 수 있는 창고와 게스트하우스로 활용할 수 있는 바깥채가 필요했다. 게다가 최소 비용으로 집을 마련하려니 고민이 됐다. 매물로 나온 주택 대부분이 오래 비워둔 집이라 주택 구입 비용의 배가 넘는 돈이 수리비로 들어갈 게 분명했다. 과연 빈집을 수리해 사용하려는 내 생각이 합리적일까? 그렇다고 좋은 위치의 땅을 구입해 새로 짓자니 그 과정 또한 복잡하고 기반 공사에 드는 비용도 만만치 않은데……. 시골에서도 결국 돈이 문제인 건가? 계속 고민스러웠다.

그럼에도 하루빨리 내 집을 구해야겠다는 생각은 더 커졌다. 마을 공동 소유의 건물에서 산다는 건 생각보다 마음 불편한 일이었다. 이장님은 어차피 비어 있는 공간이니 집을 구할 때까지 편히 있으라고 하셨다. 마을 할머니들도 비어 있는 건물에 사람이 들어와 깨끗하게 관리하고 사니 좋다며 그냥 계속 살라고 하셨다. 하지만 머무는 기간이 길어질수록 주변의 눈치가 보였다. 이장님과 사이가 좋지 않은 한 마을 주민이 마을 공동 소유의 공간에 타지 사람을 들여 살게 하는 걸 문제 삼았다는 소식을 건너 건너 듣고 나니 이장님께도 죄송했다. 빨리 집을 구해 나가야 한다는 생각에 마음이 조급해졌다.

처음엔 빈집을 구해볼 요량이었다. 시골엔 빈집이 많고, 폐가라고 해도 기반 시설은 돼 있으니 집을 부수고 다시 짓는 게 빈 땅을 구입해 인허가 절차를 거치고 전기와 수도 등의 기반 공사를 진행하는 것보다 수월하겠다 싶었다. 그런데 서른 채가 넘는 빈집을 보니 마음이 바뀌었다. 빈집을 리모델링해 살겠다는 생각은 깨끗이 접었다. 오래 비어 있는 집은 그럴 만한 이유가 있었다. 햇빛이 잘 들지 않는다든가, 기운이 좋지 않다든가, 엄청난 수리를 요하는 치명적인 결함이 있다든가, 너무 마을 한가운데에 있다든가……. 그런 문제가 있는 집들마저 자식들이 팔려고 하지 않거니와, 팔겠다는 사람은 투기 목적으로 구입해놓은 집이라 터무니없는 가격을 불렀다. 그 가격을 듣고 나면 괜스레 화가 나 혼잣말하곤 했다. '그 집은 영원히 당신 거 하세요.'

인터넷이나 유튜브를 보면 폐가를 사서 예쁘게 잘만 고쳐 사는 사람도 많은 것 같은데, 이상했다. 폐가를 보러 다니고, 건축 상담을 받아보고야 알았다. 그 믿기지 않는 탈바꿈 뒤엔 엄청난 '개고생'이 뒷받침돼야 한다는 걸. 시간을 왕창 쏟아붓든지 돈을 쏟아붓든지 둘 중 하나다. 폐가를 수리하는 경우 리모델링하는 과정에서 추가되는 비용이 계속 늘어나는 데다, 공사하는 도중에 집이 무너지는 등의 예기치 못한 상황을 마주할 수 있기 때문에 폐가 리모델링은 함부로 덤비는 것이 아니라고 했다. 농지가 대부분인 시골에서 땅을 사 집을 지으려면 여러 번거로운 절차를 거쳐야 한다. 그래도 폐가를 리모델링하는 것과 비교하면 차라리 새로 짓는 편이 비용도 적게 들고 고생이 덜하다고 한다. 결국 빈집 대신 땅을 구입해 새집을 짓는 것으로 결심을 굳히고 적극적으로 알아보기 시작했다.

드디어 내 땅이 생겼다!

땅은 인연이 있어야 만난다고 한다. 인연도 노력해야 만나진다. 적극적으로 찾아다니다 보면 곧 좋은 장소를 만날 수 있겠지. 믿자. 믿음이 간절하면 기적도 일어난다고 했으니. 땅을 구하는 동안 매일 그렇게 다짐했다. 그러다 정말 믿기 힘든 일이 일어났다. 반년 넘게 찜해둔 땅이 드디어 내 것이 된 것이다. 처음엔 그저 '저 땅이 마음에 든다'고 생각했는데, 매일 그 앞을 지나면서 그 생각은 '저 땅을 사고 말겠어'가 됐다. 그리고 해가 바뀌자마자 '저 땅은 앞으로 내 땅이다' 하며 스스로를 세뇌시켰다. 언젠가는 꼭 내 땅이 될 것만 같았다. 그 땅하고 내가 인연이라면 매입할 수 있을 거라 믿었다. 그리고 그해 봄, 나는 정말로 그 땅을 계약했다. 그것도 내가 원하는 모양으로, 내가 원하는 면적만큼.

이사 온 후 항상 같은 길목을 지나다니며 '저곳 참 좋다'고 생각했던 땅이 있었다. 길가에서 50m 정도 안쪽 언덕 위에 위치한, 햇살이 잘 드는 너른 땅이다. 차가 다니는 아래쪽 도로를 사이에 두고 맞은편엔 작은 마을이 있지만, 내가 찜한 땅이 있는 쪽엔 오직 근사한 한옥 한 채만 있었다. 고즈넉한 것도 마음에 들었지만, 그 땅의 위쪽에 자리한 한옥에 성품 좋은 부부와 어린 딸들이 살고 있다는 점도 마음에 들었다. 언덕 위 그 땅에 서서 맞은편을 바라보니 탁 트여 있어 아래에서 올려다보는 풍경보다 더 좋았다.

　토지이용계획열람 사이트에서 찜한 땅의 정보를 확인해보니 공교롭게도 한 개의 필지가 아닌 두 개의 필지에 걸쳐 있는 땅이었다. 작은 필지 하나와 그것의 네 배가 넘는 큰 필지 하나를 합한 면적은 3,844㎡. 나 혼자 쓰기에는 너무 컸다. 그렇다고 작은 필지만 사기엔 필요한 면적에서 한참 부족했다. 집과 게스트하우스 용도의 건물도 짓고 밭농사도 하려면 적어도 1,500㎡ 정도는 필요했다. 그러기 위해서는 작은 필지와 더불어 큰 필지의 땅을 분할한 일부를 추가로 매입해야 했다.

　농지에 농업인 주택을 짓고 추후에 농어촌민박업을 등록하려면 일단 농업인이 돼야 한다. 농업인 주택은 일반 주택과 달리 농업진흥구역에도 집을 지을 수 있다. 우선적으로 건축할 땅을 제외하고 1,000㎡ 이상의 농지를 반드시 경작해야 한다. 농업인은 집을 짓기 위해 660㎡ 이내의 농지를 대지로 전용할 경우 전용 부담금이 면제되며, 정부로부터 지원되는 혜택도 많다. 기왕 시골에서 살면서 농사지을 생각도 갖고 있는 이상 농업인이 돼 가공, 유통까지도 다 도전해보기로 했다.

　정작 땅 주인은 팔 생각도 없는데 내 머릿속에선 어떻게 땅을 사고 어디에 건물을 올릴지 벌써 그림을 그렸다. 항상 풀이 무성한 걸로 봐서 땅 주인이 농사짓지 않고 몇 년간 방치한 것 같았다. 시골에서 땅을 농사짓지 않고 방치한다는 건 소유주가 연로해 농사지을 여력이 안 되거나, 농사지을 마음이 없거나, 아니면 타지에 살거나 셋 중 하나일 거라고 생각했다. 그래서 소유주에게 땅을 파시라 제안하면 받아들일 수도 있을 것 같았다.

등기부등본을 떼보니 두 필지의 땅 주인은 아랫마을에 거주하는 할아버지였다. 아랫마을 이장님께 도움을 요청했다. 이장님은 할아버지께 젊은 청년이 1년 전 윗마을에 들어와 살고 있는데, 이 땅을 사서 농사짓고 집도 짓고 싶어 하니 땅을 파실 생각이 있는지 물어봐주셨다. 할아버지는 단칼에 거절하셨다. 그대로 포기하긴 너무 아쉬워 댁에 여러 번 찾아가 설득하고 또 설득했다. 그동안 이장님도 중간에서 말씀을 잘 해주신 덕분에, 두 달간의 설득 끝에 할아버지는 드디어 땅을 팔기로 결정하셨다. 노력이 빛을 보는 순간이었다.

바로 땅 주인 할아버지를 찾아뵀다. 감사의 인사와 함께 내 사정을 솔직히 말씀드렸다. 두 필지를 다 매입하면 좋겠지만 1,200평이나 되는 큰 땅이 저에겐 필요가 없다, 땅을 사고 집도 지어야 하는데 비용이 부담스럽다, 혹시 작은 땅과 함께 큰 땅은 일부만 분할해서 파실 수 있나 여쭤봤다. 그분 입장에서 생각해보면 어이없는 제안이다. 고민해서 땅을 팔기로 했는데 분할해 일부만 사겠다니. 역시나 할아버지는 두 필지 한 번에 다 살 거 아니면 땅 파는 건 없던 일로 하라며 거절하셨다.

"죄송합니다. 땅은 어떻게 해서든 제가 살 테니 시간을 좀 주세요. 다시 연락드릴게요."

할아버지께 그 큰 땅을 다 사겠다고 큰소리치고 나왔지만, '이제 어떡하지' 하고 걱정되기 시작했다. 두 필지를 다 구입하고 건물까지 짓기엔 내가 가진 돈이 턱없이 부족했다. 대출을 알아보다가 그만뒀다. 시골 생활을 빚으로 시작하고 싶지 않았다. 대신 함께 땅을 살 이웃을 찾기 시작했다. 여기저기 아는 사람들에게 소문내고 다녔다. 조용한 시골에 좋은 땅이 있는데 귀농·귀촌해 집 지을 땅을 알아보는 이들이 있으면 소개해달라고. 예상외로 일이 쉽게 풀렸다. 마침 지인이 가까운 분 중 귀농해 집 지을 땅을 찾는 가족이 있다며 소개해줬다. 그 가족도 내가 찜한 땅을 마음에 들어 해 함께 사기로 했다.

이제 땅을 어떻게 분할할 건지 정할 순서였다. 나는 그 땅을 처음 봤을 때부터 원하는 위치와 면적이 명확했다. 반달 모양의 아래쪽 필지에 위쪽 필지의 땅 일부를 추가해 1,500㎡를 갖고 싶었다. 그러면 내 땅도 모양이 사각형에 가까워지고, 나머지 땅도 원래의 도끼 모양에서 아래로 빼죽 나온 자루를 잘라내 모양이 반듯해질 수 있었다. 함께 땅을 사기로 한 그 가족은 어차피 본인들도 너무 큰 땅은 필요 없으니 내가 원하는 면적, 원하는 위치를 먼저 정하면 나머지를 갖겠다고 했다. 그동안 나 혼자 땅을 알아보고 고생한 것에 자신들은 숟가락만 얹는 것 같아 미안하다면서. 그래서 처음 생각한 대로 나는 남쪽 땅 1,500㎡를, 이웃은 북쪽 땅 2,344㎡를 갖기로 했다. 그렇게 가로로 나뉘어 있는 땅을 하나로 합친 뒤 면적을 조정해 세로로 다시 나누게 됐다. 이웃은 길과 인접한 좀 더 높은 위치에 있는 북쪽 땅을 선택한 것에 만족해했다.

땅을 살 수 있게 됐다는 기쁜 소식을 할아버지께 알려드리고, 일주일 뒤로 계약일을 정했다. 필지 하나당 부과되는 법무사 비용을 아끼기 위해 두 필지를 하나로 합병한 뒤 계약서를 작성하고, 다시 원하는 모양대로 토지를 분할하기로 했다. 다음 날 할아버지를 모시고 시청에 가서 토지이동신청서를 작성해 합병을 신청했다. 토지합병이 처리되고 약속한 계약일이 왔다. 다시 할아버지를 모시고 법무사 사무실에 갔다. 이웃과 만나 분할을 조건으로 한 토지매매계약서를 작성했다. 매번 임대계약서만 작성했지, 매매계약서는 처음이었다.

매매계약 후 토지 분할 측량을 진행했다. 우리가 원하는 대로 땅이 분할됐고, 등기 절차까지 마쳐 드디어 내 땅이 생겼다. 태어나서 처음으로 내 명의의 부동산을 취득한 순간이었다. 남들에겐 별거 아닐 수 있지만 나에겐 오롯이 내 힘으로 구하고 얻은 의미 있는 땅이라 더 소중하게 느껴졌다. 1년 동안 바라고 바라던 순간이었는데, 막상 그 순간이 오니 기분이 참 묘했다.

　　마을 누군가는 나를 '요물'이라고 했다. 진짜 원하는 대로 그 땅을 샀다고. 내가 원하는 위치의 땅을 분할 매입하고 싶다고 말했을 때 그분은 코웃음을 쳤다. 누가 그렇게까지 해서 땅을 팔겠느냐고. 그런데 나는 샀다. 풍수지리를 공부했다는 그분은 내가 찜한 땅에 가보시더니 혈자리가 세 곳이나 모여 있는 명당이라고 했다. 혈자리가 정확히 뭔진 모르지만 일단 명당이라고 하니 혹하기는 했다. 내가 느꼈던 밝고 따뜻한 기운이 명당이어서 그런가 싶기도 했다. 그런 땅이 내 땅이 되다니, 앞으로 밝은 미래가 기다리고 있을 것만 같았다.

집 짓기 전 숨 고르기부터

땅을 사고 나니 시골살이의 절반은 해낸 것 같았다. 그러나 집을 짓기까지는 아직 가야 할 길이 멀었다. 일반적으로 농지에 집을 지으려면 대략 다음의 과정을 거친다.

주택 설계 → 토지 인허가(개발행위허가+농지전용허가) → 기반 공사(터 닦기, 상하수도 공사, 전기 인입) → 시공업체 선정 및 시공 → 사용승인 및 보존등기

농지에 건축물을 세우려면 반드시 토목설계사무소를 통해 토지 인허가를 받고 기반 공사를 진행해야 한다. 여기까지의 과정만 해도 시간과 비용이 꽤 많이 든다. 그래서 다 허물어진 집이라 해도 '집'을 구입한다면 기반 공사까지의 과정을 생략할 수 있기 때문에 폐가를 구입하는 이들도 있다. 하지만 무허가 건물이거나, 건축법상 문제가 돼 재건축할 수 없는 시골집도 생각보다 많기 때문에 폐가 구입은 신중해야 한다.

집을 짓기 위해 먼저 건축설계사무소 몇 군데를 방문했다. 보통 건축사사무소에 주택 설계를 맡기면 연계된 토목설계사무소와 함께 작업한다. 의뢰인에게 관련 지식이 없어도 처음부터 끝까지

모든 과정을 알아서 진행하기 때문에 여러 군데를 다니며 많이 물어보고 이것저것 꼼꼼히 따졌다.

내 땅은 지적도상 도로에 접해 있지 않은 '맹지'다. 처음 시골에 올 때만 해도 맹지는 절대 구입하지 말자고 다짐했는데, 마음에 드는 땅 앞에서 그 다짐은 깨지고 말았다. 실제로는 차가 오가는 길(현황도로)에 붙어 있더라도 맹지에는 마음대로 건축 행위를 할 수 없다. 건축을 위해선 현황도로로 사용되고 있는 사유지 주인으로부터 자신의 땅을 사용해도 된다는 토지사용승낙서를 받아야 한다. 내 경우에는 큰 도로에서부터 내 땅까지 연결된 현황도로의 주인 세 명으로부터 각각 토지사용승낙서를 받아야 했다. 토지주들에게 사용료를 드리는 조건으로 토지사용승낙서를 받고, 이후에 그 길의 지분을 매입하는 방법을 고려하기로 했다.

사실 땅을 구입할 때 토지 분할 과정에서 땅 모양을 변경하면 얼마든지 맹지를 탈출할 수 있었지만 그러지 않았다. 내 땅 남쪽으로 큰길에서 바로 이어지는 현황도로를 통하면 내 땅까지 50m면 닿을 수 있는 반면, 이웃의 땅과 인접한 다른 쪽 포장도로를 이용하면 큰길에서 꼬불꼬불 350m나 돌아가야 했기 때문에 너무 비효율적이란 생각이 들었다. 내심 언젠가는 내 땅 옆 현황도로로 사용되는 사유지 농로가 건축이 가능한 도로로 포장되지 않을까 하는 기대도 있었다.

그런데 놀랍게도 이 땅은 길지가 맞았나 보다. 지난해 마을 전체가 지적재조사 사업지구로 선정되면서 내 땅 옆 현황도로를 국가가 수용하기로 결정된 것이다. 지적재조사 사업은 현실 경계와 지적공부상 경계가 불일치하는 토지를 최신 기술로 새로 측량하는 국책 사업이다. 일제강점기에 종이로 만든 지적도를 디지털 지적으로 구축해 토지의 활용 가치를 높이기 위해 2012년부터 2030년까지 시행하고 있다. 가만히 있어도 맹지에서 탈출하는 신묘한 땅이라니. 이걸 미리 알았더라면 가만히 기다렸을 텐데……. 2년 전, 북쪽 포장도로에서 이어지는 또 다른 이웃의 땅을 추가로 구입해 이미 맹지를 탈출해버렸다. 맹지는 보통 거래가 잘 안되기 때문에 나중에 땅을 팔 때를 대비해 미리 손을 써놨다. 지적재조사 사업을 통해 내 땅도 136㎡가 국가에 수용되면서 여러모로 금전적 손해를 보긴 했지만, 땅의 효용가치가 올라갔으니 결과적으로는 감사한 일이다.

집을 짓는 데 가장 큰 문제는 돈이었다. 토지 인허가 비용과 기반 공사에 드는 비용만 계산해도 얼추 2,000만 원은 넘게 나왔다. 여기에 건축 비용까지 더하면 내가 가진 자금으로는 아무래도 무리일 듯해 귀농인 대출을 알아봤다. 지자체에서 귀농인을 위한 주택 구입 자금을 5,000만 원까지 낮은 금리의 대출로 지원한다고 그렇게 홍보하더니만, 담보할 땅의 가격에 따라 웬만해선 1,000만 원을 받기도 힘들단다. 게다가 사후 지원이다. 집 지을 돈이 부족해 대출받아 짓겠다는 건데 주택 신축 공사를 다 완료하고 나서 자금 지원을 받으라고 하면 무슨 돈으로 지으라는 거지?

일단 기반 공사만 해놓고, 시간이 오래 걸리더라도 집을 직접 지어볼까 하는 생각도 들었다. 귀농학교에서 초보자도 지을 수 있는 비교적 쉬운 공법의 집 짓기 실습 교육을 듣고 나니, 체력과 시간만 있으면 나도 할 수 있겠다는 자신감이 생겼다. 새도, 벌도, 거미도 스스로 집을 짓는데 나라고 못 하겠어? 그러다가도 저질 체력의 선무당이 어느 세월에 집을 지을까 싶었다. 머리를 굴렸다. 귀농학교에 내 땅을 실습장으로 제공하고 집 짓기 교육을 여기서 해달라고 해볼까? 아니면 개별적으로 목수 한 분을 섭외한 후 무료로 집 짓기를 배워보고 싶어 하는 사람들을 모집해 내 땅에서 실습하면 목수 한 분의 인건비에 어느 정도의 추가 비용이 드는 정도만으로 이 문제를 해결할 수 있지 않을까? 이 과정을 영상으로 촬영해 유튜브에 올리면 수익으로도 연결할 수 있지 않을까? 그런데 정말 무리해서 집을 지어도 괜찮은 걸까? 별의별 생각을 다 했다.

내 땅이 생기니 하고 싶은 게 너무 많았다. 시골에서는 미니 포클레인이 꽤 유용해서 중고로 한 대 구입해볼까도 생각했다. 대형 포클레인은 기사를 포함한 하루 임대 비용이 50만 원 정도이니 미니 포클레인을 중고로 사서 집 지을 때나 농사지을 때 사용하면 1년 안에 본전을 뽑지 않을까? 농기계로 분류되는 1t 미만의 미니 포클레인은 별도의 면허도 필요 없는 데다, 운전하는 것이 재미있을 것 같았다. 미니 포클레인을 운전하는 상상을 하면 피식 웃음이 나다가도 과연 내가 이곳에서 집을 짓고 오래 잘 살 수 있을까 걱정도 됐다. 얼마 전만 해도 시골에서 번듯하게 집도 짓고, 계획했던 일을 하며 잘 사는 모습을 주변에 보여주고 싶었다. 마을 건물에 오래 사는 것이 눈치 보여 되도록 빨리 집을 짓고 싶기도 했다. 하지만 시간이 지날수록 집 짓는 일이 망설여졌다.

때마침 지인 D선생님의 집 바깥채가 귀농인의 집으로 선정되면서 나는 된장 공장을 떠나 귀농인의 집에 첫 번째 입주자로 들어가게 됐다. 창문 밖으로 내 땅이 보이는 집에서 1년 동안은 걱정 없이 머물게 된 것이다. 문득 원하는 대로 일이 착착 진행돼 앞만 보고 달리던 내게 잠깐 브레이크를 걸어 생각할 시간이 주어진 건 아닐까 하는 생각이 들었다. 조급함을 내려놓아야 할 시점이었다. 집 짓기는 좀 더 찬찬히 알아본 뒤 신중하게 결정하기로 했다.

농사는 풀과의 싸움

농지를 구입했으니 일단 농사부터 짓기로 했다. 포클레인을 불러 땅에 버려진 나뭇가지들과 쓰레기를 정리하고, 몇 년간 묵혀 놨던 땅을 갈아엎었다. 밭에서 고무대야, 비료 포대, 깨진 도자기 그릇, 유모차 등 온갖 쓰레기가 한 무더기 나왔다. 시골은 땅에 별의별 물건을 다 묻는다. 썩지도 않는 이 물건들을 힘들게 땅을 파서 묻다니 아이러니하다. 포클레인 기사님의 도움으로 쓰레기를 분류해 트럭에 실은 뒤 마을 쓰레기 처리장에 가져다 버렸다.

이틀 동안 포클레인으로 밭을 갈아엎고 나니 농사짓기 좋게 땅이 포슬포슬해졌다. 며칠 후 밭에 가보고 깜짝 놀랐다. 새들 사이에서 맛집으로 소문이 났는지 새 수십 마리가 내려앉아 먹이를 잡아먹고 있었다. 어디서 저 많은 새가 왔을까. 밭을 갈아엎으니 땅속에 있던 벌레들이 다 땅 위로 올라온 덕분에 졸지에 새들이 포식했다. 농사도 잘될 것 같았다.

어떤 작물을 심을까 고민하다가 주변에 물어보니 초보자도 쉽게 잘 키운다는 '깨'와 '콩' 농사를 추천했다. 쉬운 것부터 시작하기로 했다. 기왕이면 일반 콩보단 더 몸에 좋다는 쥐눈이콩을 심고, 차조기와 옥수수, 여러 종류의 허브도 심었다. 마을 사람들이 지나다니다 한 번씩 보고 기분 좋아지라고 밭 둘레를 따라 예쁘게 해바라기도 심었다. 해바라기는 전적으로 허세다. 그렇게 해도 빈 땅이 꽤 남았다. 좋아하는 고구마도 심고 싶었는데, 인근에서 농사짓는 할아버지가 고구마를 심으면 멧돼지랑 고라니가 와서 다 먹고 땅도 헤집어놓는다고 말려서 그러지 못했다.

씨앗과 모종을 심고 한 달 정도는 개울에서 물조리개로 열심히 물을 퍼다 날라 작물에 물을 줬다. 밭 둘레를 따라 수로가 붙어 있긴 했지만, 이웃 할아버지가 개울가에 설치한 펌프를 작동시켜 물을 끌어 올리지 않으면 수로에 물이 없었다. 할아버지를 만나는 날엔 펌프를 작동시켜주셔서 물을 사용할 수 있었지만, 할아버지를 만나지 못하는 날엔 개울과 밭을 수십 번 왕복해야 했다. 물을 사용하려면 지하수를 파야 하는데 만만치 않은 비용이 들어 집을 지을 때 공사하기로 했다.

시골에 살면서 날씨에 민감해졌다. 해가 너무 쨍쨍해도 걱정, 비가 많이 와도 걱정, 바람이 너무 많이 불어도 걱정이었다. 초보 농부인 나는 하루에도 몇 번씩 밭에 가서 작물을 돌봤다. 밭에는 무서운 녀석들이 산다. 하루에 1~2cm씩 자라는 무서운 녀석들. 한바탕 비가 내리고 나면 풀이 두 배는 더 자랐다. 이른 아침부터 나가 매일 풀을 뽑고 베어도 다음 날이면 다시 어김없이 올라와 있었다. 처음 시골에 왔을 땐 마당에 자란 이름 모를 풀도 예쁘기만 하더니, 시골 어르신들이 집 앞마당에 시멘트를 부어버리는 그 마음을 알 것도 같았다.

　풀이 있어야 땅심이 생기고 작물에도 좋다기에 풀에는 손대고 싶지 않았지만, 농작물보다 더 높이 자란 풀 때문에 작물이 자라질 못하니 어쩔 수 없이 뽑아야 했다. 농작물이 어느 정도 자라고부터는 풀을 뽑지 않고 벤 뒤 거름처럼 놓아줬다. 농작물이 다치지 않게 풀을 베는 건 풀을 뽑는 것보다 더 힘들었다. 매일 쪼그려 앉아 풀과 싸움을 하고 나면 온몸이 아팠다. 처음 해보는 거니까 요령도 없고 당연히 아플 수밖에. 이것도 다 농부가 되기 위한 과정이려니 생각했다. 누군가 그랬다. 수행 방법 중 최고는 농선(農禪)이라고. 농사를 짓는 행위 자체가 수행이다. 풀 뽑는 동안 잡념은 사라지고 생각은 그저 단순해진다. 그런데 도대체 풀을 얼마나 뽑아야 하는 거야?

　가끔 날 보러 멀리까지 와준 친구들이 용병 노릇을 톡톡히 했다. 놀러 왔지만 다들 지리산에 잠깐 다녀오는 거 말고는 밭일만 하다 갔다. 금요일 오후에 와서 주말 내내 아침마다 네다섯 시간씩 밭에서 풀을 뽑아줬다. 내다 팔려고 농사짓는 것도 아니면서 대책 없이 쥐눈이콩도, 차조기도 모종을 너무 많이 냈다. 처음 해보니 뭐든 다 서툴렀다. 그래도 밭 사이사이 무성한 풀들을 뽑아준 친구들 덕에 어느 정도 밭다워졌다. 미안하고 고마웠다. 많이 힘들었을 친구들의 머릿속이 조금은 가벼워졌길 조용히 빌었다.

　그나저나 농사일은 끝이 없었다. 아무래도 농작물이 거름 없이 크는 건 무리인가 싶었지만, 그 와중에도 몇몇 농작물은 힘겹게 결실을 보았다. 옥수수도 달리고, 쥐눈이콩도 많이 열렸다. 수박 먹고 씨를 심으면 수박이 날까 궁금해서 수박씨도 심어봤는데 정말 수박이 자랐다. 참외만 한 수박이 올망졸망 열 개쯤 달렸다.

예로부터 농작물은 농부의 발걸음 소리를 듣고 자란다고 했다. 그만큼 농부의 관심과 정성과 노력이 있어야 잘 성장할 수 있다. 제대로 된 영양분 섭취도 못 하고, 주인의 발걸음 소리를 잘 듣지도 못 했는데 제 할 일을 묵묵히 해낸 내 밭의 첫 농작물들이 참 고맙고 기특했다. 각자의 위치에서 요란하지 않게 제 할 일을 묵묵히 해낸다는 것. 그게 얼마나 대단하고도 어려운 일인지 깨닫게 된다.

콩 껍질 알레르기, 그건 뭔데?

햇살이 참 좋던 가을날, 처음으로 농작물을 수확했다. 텃밭 작물의 일부를 제외한 첫 수확물은 쥐눈이콩 12㎏. 너무나 소박한 농사라 어디에 말하기도 부끄러운 양이다. 쭉정이와 부실한 것들을 골라내고 나니 이만큼 남았다. 시간과 땀과 맞바꾼 귀한 결실. 판매 가격으로 따진다면 유기농인 걸 감안해도 10만 원 정도였다. 이걸 위해 몇 달을 밭에 가서 그 고생을 한 거구나. 나름 값진 경험이었지만, 농작물은 믿을 만한 농부에게 사 먹는 게 진리라는 교훈만 남았다.

값진 수확물은 조금씩 담아 나의 좌충우돌 시골살이에 도움을 줬던 분들께 선물했다. 여기저기 드리고 싶은 곳은 많은데 그러질 못해 아쉬웠다. 엄마가 안 오셨더라면 이마저도 안 나올 뻔했다. 널어 말리는 것부터 껍질을 벗기는 것까지는 엄마가 다 하셨다. 이게 다 알레르기 때문이다.

쥐눈이콩을 수확해 차 트렁크에 한가득 싣고 집에 오자마자 얼굴과 목, 손에 두드러기가 올라왔다. 잘 싸맨다고 싸맸는데도 차에 싣고 오는 동안 콩에서 나온 털 먼지 때문에 자극이 심했나 보다. 가렵고 눈물이 계속 흘러 급하게 알레르기 약을 먹고 샤워를 했지만, 도무지 가라앉지 않았다. 그동안 밭에 다니면서 얼굴에 아토피가 올라왔는데, 땀 흘리며 땡볕에서 일해서 그런 거라고만 생각했다. 수확하면서 콩 먼지를 뒤집어쓰니 그때야 콩 껍질에 알레르기가 있다는 것을 알았다. 식당에서 껍질째 삶아져 나온 콩 반찬만 먹어봤지, 살면서 이제껏 껍질째 온전한 콩을 접해본 적이 있어야지.

까슬까슬한 호박잎, 복숭아, 키위, 열대 과일에 알레르기가 있다는 것은 알고 있었다. 그래서 이것들은 만지지도 않고 먹지도 않는다. 복숭아와 키위를 먹으려면 누군가가 대신 씻어서 껍질을 벗기고, 껍질 벗긴 과육을 또 씻어 혹시 껍질에서 옮겨졌을지 모르는 털을 없애야 한다. 그러지 않으면 손은 물론이고 입 주변에 두드러기가 올라오고 목도 붓는다. 이런 귀찮은 과정을 누구한테 부탁하기 번거롭고 굳이 그렇게까지 해서 먹을 만큼 좋아하지도 않으니 털 달린 과일은 안 먹고 산 지 오래다. 어쩌면 나는 털이 달린 모든 동식물에 알레르기가 있는 걸지도 모르겠다.

생애 첫 콩 농사를 눈물 콧물 쏙 빼는 경험으로 마무리하고 보니 농사짓는 일이 조금 걱정됐다. 나는 잘할 수 있을까? 내가 모르는 알레르기가 또 나타나면 어쩌지? 원래 농부라면 이 정도는 그러려니 하고 넘어가는 건가? 내가 너무 유난인가? 나 농사를 계속 지을 수 있는 거야?

낭만적인
시골과

현실의
아이러니

유유자적 자연인 놀이

시골에서 살면서 도시 친구들에게 자주 듣는 말이 있다.

"시골에서 맨날 뭐 해?"

"안 심심해?"

그들의 예상과 달리 나는 매일 바쁘다. 도시의 바쁨과는 다르지만, 시골에는 시골 나름의 바쁨이 있다. '바쁘다'보다는 '끊임없이 뭔가 한다'는 표현이 더 맞을 것 같다. 도시의 시간과 시골의 시간은 다르게 흐른다.

특히나 아궁이 난방을 했던 첫 번째 집에선 더욱 그랬다. 시골에서 처음 맞는 겨울, 느지막이 아침에 일어나 밥을 차리고 아침 겸 점심을 먹고 나면 아궁이에 불을 땠다. 그러고 나서 청소를 하고, 청소가 끝나면 다시 아궁이 불을 확인했다. 방 안을 따뜻하게 하려면 아궁이에 세 번은 가야 한다. 첫 번째로 불을 피우고, 두 번째로는 어느 정도 탄 장작을 아궁이 깊숙이 밀어 넣고 나무를 추가로 더 넣는다. 마지막으로 나무를 더 집어넣고 아궁이 문을 닫아줘야 불 피우기가 끝이 난다. 처음엔 요령이 없어서 장작에 불을 붙이기까지 네 시간이나 걸렸지만, 한 달 정도 지나니 그 정도 일은 식은 죽 먹기가 됐다.

온종일 집에 있는 날엔 주방에 있는 화목난로를 피웠다. 난로 앞에 앉아 나무 타는 것만 보고 있어도 하루가 금방 지나갔다. 장작이 타는 걸 바라보는 건 굉장히 재미있고도 중요한 일이다. 오롯이 나에게 집중하면서 아무 생각을 안 하고 멍때릴 수 있는 귀한 시간이기 때문이다. 아궁이와 난로 덕분에 그해 겨울 군고구마는 원 없이 먹을 수 있었다.

여름, 가을에는 차를 많이 만들었다. 집 밖에만 나가면 차로 만들어 먹을 수 있는 산야초가 지천으로 널렸다. 산국과 야생화도 흐드러지게 피고 온갖 열매도 풍부하다. 시골 살면 굶어 죽을 일 없다는 말이 그래서 나왔나 보다. 식용할 수 있는 풀과 꽃을 따서 말렸다. 틈날 때마다 우엉, 곰보배추, 박하, 페퍼민트, 연잎, 감잎, 뽕잎 등 쉽게 구할 수 있는 재료들도 뜯어다가 프라이팬에 덖어 차로 만들었다. 겨우내 집에 오는 손님에게 대접할 차 걱정은 안 해도 될 만큼 넘치는 양이다.

쌍화탕 마니아로서 쌍화탕을 직접 만들어 먹기도 했다. 백작약, 숙지황, 황기, 당귀, 천궁, 계피, 감초, 대추 등 재료를 구입해 나름《동의보감》처방에 가까운 비율을 찾아 한 번 먹을 양만큼씩 소분해뒀다. 난로 위 주전자에 쌍화탕을 넣어 끓이고, 도예 수업에서 직접 만든 컵에 담아 마시니 더 맛있게 느껴졌다. 내 손으로 뭔가를 만들었다는 뿌듯함에 어깨가 절로 으쓱했다. 그 순간엔 정말 '더도 말고 이렇게만 살면 좋겠다' 싶었다.

자연인도 돈이 필요하다

귀농·귀촌 선배들이 공통으로 하는 조언이 있다. 최소 2년 이상은 돈벌이를 하지 않아도 충분히 먹고 살 만큼의 경제적 여유를 가지고 시골살이를 시작해야 한다는 것. 시골에서 어떻게든 먹고 살 수 있을 거라 생각하고 준비 없이 이주하면 경제적인 문제 때문에 결국 다시 도시로 나가게 될 거라고 했다. 요즘 세상엔 자연인도 돈이 있어야 한다.

시골살이를 처음 시작할 당시 나에겐 서울 월셋집의 보증금과 그동안 모아둔 많지 않은 예금, 퇴사하며 받은 약간의 퇴직금이 있었다. 보증금과 예금 대부분은 땅과 집을 마련하기 위한 자금으로 묶어뒀다. 남은 돈으로는 중고차를 사고, 처음 1년 동안의 생활비로 사용했다. 넉넉한 편은 아니었지만 경제 활동은 하지 않았다. 당장 돈을 버는 것보다 시골살이에 적응하며 생활에 필요한 교육을 받는 것이 장기적으로 더 중요하다고 생각했다.

시골에 와서 첫해는 귀농학교에 다니며 시골살이에 필요한 다양한 교육을 받았다. 어떤 생활 기술이 필요할지 몰라 기본 종합 교육, 집 짓기 교육, 적정기술 교육, 자연 치유 교육, 산야초 교육 등 귀농학교의 모든 수업 과정을 이수했다. 공방을 다니며 몇 개월간 도예를 배우기도 했다. 완벽한 자급자족의 삶은 이뤄질 수 없다는 걸 알고 있지만 여러 교육을 통해 기본적인 기술과 원리를 익혀두면 사는 데 큰 도움이 될 거라 생각했다.

1년이 지나고 시골살이에 어느 정도 익숙해지고 나서는 경제 활동에 대해 고민하기 시작했다. 시골에 내려오면서 풀타임 일은 하지 않기로 마음먹었다. 경제적으로 여유로운 상황은 아니었지만 도시에서처럼 한곳에 메이는 게 싫었다. 돈이 필요하다면 파트타임으로 일하며 살고 싶었다. 시골에 사는 주위 귀농·귀촌인을 보면 대부분 직장에서 정규직으로 일하기보다는 비교적 시간이 자유로운 파트타임으로 투잡, 쓰리잡을 한다. 이참에 나도 직장에 다니는 대신 그동안 해보지 않은 다양한 일을 하고 싶었다.

그래서 얼마간은 여러 일을 해보며 탐색하고 경험하는 시간을 가졌다. 귀농학교에서 주최한 행사의 보조 업무를 하기도 하고, 버킷리스트였던 카페 운영을 미리 경험하고자 몇 달간은 주말마다 지인의 카페에서 커피를 배우고 카페 일을 익히기도 했다. 플리마켓에서 내가 만든 도자기 그릇과 거의 사용하지 않은 옷, 소품 들을 팔아보기도 했다. 자유로운 분위기의 마켓에서 베테랑으로 보이는 여러 판매자 틈에 섞여 친구와 함께 쭈뼛쭈뼛 자리를 잡고 물건들을 펼쳐놓았다. 생각보다 오고 가는 사람이 많아 굳이 호객 행위를 하지 않아도 구매자가 묻는 말에 대답만 잘하면 물건은 팔렸다. 고작 몇 개월 배운 도예 실력으로 만든 커피 드리퍼와 컵 세트를 보고 너무 예쁘다며 구매한 사람도 있었다. 오래전 인도와 동남아에서 구입한 옷들도 인기가 많았다. 장사가 잘되니 신이 나서 구매자가 마음에 들면 물건값을 깎아주기도 하며 그날 하루를 즐겼다.

처음 플리마켓에 참여하던 날은 긴장을 많이 했다. '내가 말 한 마디나 할 수 있을까' 하는 걱정에 많이 위축되기도 했다. 그동안 인터넷으로 중고 거래만 해봤지, 오프라인에서 직접 사람을 만나 판매해본 건 처음이었으니까. 마켓에 도착하기 전까지도 그냥 돌아갈까 계속 고민했다. 그러나 막상 해보니 별것 아니었다. '내가 이런 것도 할 수 있구나' 하는 자신감이 좀 붙었다. 매출은 있었지만 마켓 내 다른 판매자들의 물건을 구입하고, 외식을 하고 나니 남는 건 없었다. 원래 플리마켓은 파는 물건보다 사는 게 더 많다더니, 함께 참여한 판매자들이 직접 만든 제품과 저렴한 중고 상품을 구경하며 그 안에서 보석을 찾아내는 재미가 쏠쏠했다.

여러 가지 일을 경험하다 보니 이제는 고정 수입이 필요하다는 생각이 들었다. 적더라도 매월 일정한 수입을 얻을 수 있는 일이 뭐가 있을까 고민하다가 방과 후 특기적성 강사가 떠올랐다. 자격증이 있거나 교육 경력이 있는 과목을 적어보니 논술, 철학, 한문, 웹 디자인이나 컴퓨터 교육, 포장 공예 등 생각보다 많았다. 어설플 순 있겠지만, 아이들 대상으로 재미있게 가르칠 수 있을 것 같았다.

교육 가능한 과목과 커리큘럼을 포함해 대강 정리한 자기소개서와 이력서를 챙겼다. 일단 집에서 가장 가까운 곳에 있는 초등학교를 찾아갔다. 전년도 학부모 대표였던 D선생님이 동행해준 덕분에 교장 선생님을 바로 만날 수 있었다. 하지만 이미 학교운영위원회의 회의가 끝나 방과 후 과목이 확정된 상태라 새로운 과목을 개설하기 어려운 상황이었다. 기존 과목은 이미 수업을 진행해온 선생님들이 있었다. 교장 선생님은 다음번에 꼭 새 수업을 개설해보겠다고 약속하셨다. 그래도 미안하셨는지, 이력서를 보면서 "학벌도 좋은데 왜 이런 인재가 시골에서 살아요?"라며 그다지 좋은 학벌도 아닌데 괜스레 치켜세웠다.

시골이긴 해도 시내에서 30분 정도면 올 수 있는 거리라 방과후 수업은 고정 강사들이 내정돼 있었다. 게다가 방과 후 수업 강사 자리는 결원이 생기더라도 인맥 없이 수업을 따내기는 불가능하단다. 어디든 인맥이 참 중요하다. 당장은 어렵더라도 일단 얼굴 익히고 인사했으니 다음번을 기다려보자며, D선생님도 나를 위로했다. 그래도 가까운 동네에 방과 후 과목을 가르칠 수 있는 사람이 살고 있다는 것을 알렸으니 나름 성공이었다.

공고가 나지도 않은 상황에서 이력서를 들고 학교를 찾아가는 것이 좀 망설여졌는데, 역시 문을 두드려보길 잘했다고 생각했다. 교통편이 불편한 시골 학교는 강사 수급이 어려워 과목을 새로 개설하기보단 했던 과목을 또 하거나, 학년별로 돌려막기식의 수업을 하는 경우가 많다고 한다. 그래서 강사가 먼저 수업을 제안하면 꽤 긍정적으로 받아들이는 분위기 같았다.

용기를 얻어 며칠 후엔 집에서 차로 20여 분 정도 떨어진 중학교를 찾았다. 시내에서도 꽤 떨어져 있는 그 학교는 강사료 외에 교통비를 추가로 지급한다고 공고를 내도 강사 수급에 어려움을 겪고 있었다. 전날 방과 후 수업을 관리하는 담당 교사와 통화했는데, 다음 날 바로 만나자고 한 것도 그 때문인 듯했다. 선생님은 내 이력서를 보시더니 그 자리에서 바로 수업을 맡기기로 결정했다.

얼마 후, 처음 찾아간 초등학교에서도 연락이 와 독서 논술을 지도하기로 하고, 중학교에서는 한자자격증반을 맡아 한 학기 동안 수업을 진행했다. 수업은 짧고 굵게 한 학기만 진행하고 그만뒀다. 적성에 맞지 않았다. 초등학생들과 책을 읽고 글을 쓰는 건 재미있었지만, 역시 아이들을 가르치는 건 아무나 하는 일이 아니었다. 특히나 중학생 남자아이들을 데리고 수업을 진행하는 건 생각보다 버거운 일이었다.

시골에서 안정적인 생활을 하려면 다시 새로운 일을 찾아야 했다. 살고 있는 지역에서 일하고 싶었지만 마땅한 일자리를 찾기 쉽지 않았다. 그러던 차에 전 직장 선배와 오랜만에 연락이 닿았다. 마침 회사에서 내근 기자를 구하고 있다는 소식에 고민 끝에 그 일을 하기로 했다. 평일 낮 여섯 시간 동안 시간에 메이긴 해도 재택근무가 가능한 업무였다. 시골에 오면 서울에서 했던 일들과 무관한 일을 하며 전혀 다른 삶을 살고 싶었는데, 도시에서만큼 투자한 시간 대비 괜찮은 수익을 얻을 수 있는 일을 찾지 못했다. 결국 몸은 시골에 있지만 돈은 서울에서 벌었다. 나는 이 일을 3년이나 했다.

평화로운 어느 날, 사라지는 닭들

텐트 밖으로 손을 뻗어 휴대폰을 더듬는다. 이사 온 집은 단열이 잘 되는 데다 여름도 가까워졌지만 순면 난방텐트의 아늑함은 포기할 수가 없다. 실눈을 뜨고 시간을 확인하니 아침 9시. 더 자도 돼. 괜찮아. 오늘은 일요일이야. 너무 일찍 일어났어. 더 자고 싶지만, 아침이면 집 안 곳곳에서 안부 인사를 건넨다.

딱. 딱. 딱. 딱딱. 딱. 딱딱딱 딱딱. 잘 잤니? 집이 아침 인사를 건넨다. 샌드위치 패널로 지은 이 집은 온도 변화에 민감해 기온이 높아지면 소리를 낸다. 청각이 예민해 거슬렸지만, 어느 순간부터 이 소리를 아침 인사로 받아들이기로 했다.

뭉그적거리다 일어나 씻고, 거실로 나와 음악을 틀고, 커튼을 걷는다. 어제만큼 날씨가 참 좋다. 잠깐 바닥에 앉아 창밖을 쳐다본다. 햇빛도, 새소리도, 물소리도, 바람 소리도 적당하다. 낮잠 자기 딱 좋은 날씨다.

창문 앞 자그마한 텃밭, 빼곡히 심어놓은 도라지에 오늘은 꽃이 더 많이 폈다. 보라색 꽃만 피는 종자라고 해 아쉬워했는데, 흰색 꽃도 폈다. 그래, 꽃은 역시 흰색이지! 얼마 전까지만 해도 길 건너 나의 밭에 꽃이 하얗게 핀 모습이 참으로 장관이었지. 내 밭은 이 근처에서 보기 힘든 대규모 개망초 군락지였는데, 며칠 전 갈아엎어

지금은 갈색 흙 위로 수많은 초록 새싹이 고개를 내밀고 있다. (시골 어디에서나 흔히 볼 수 있는 개망초꽃이 만발해 있다는 건 농작물을 심지 않은 쉬는 땅이라는 이야기다. 밭에 개망초가 만발하면 게으르다고 욕 먹는다.)

냉장고에서 케일과 사과를 꺼내 믹서에 간다. 주스를 한 잔 마시고, 쌀을 씻는다. 찹쌀현미 90%, 귀리 10%. 국은 들깨 미역국. 미역국엔 캐슈넛이지. 냉동실에 넣어둔 캐슈넛을 꺼내 절구에 빻는다. 캐슈넛이 자꾸 탈출한다. 곱게 빻은 캐슈넛을 넣고 미역국을 푹 끓여낸다. 함께 먹을 반찬은 감자볶음. 얼마 전 이웃에게 유기농 감자 20kg을 샀다. 엄마에게 삼분의 일을 보내드리고 나머지는 매일 먹고 있다. 쪄 먹고, 볶아 먹고, 국 끓여 먹고, 매일매일 감자 만찬이다. 감자가 포슬포슬하니 맛나다.

점심을 먹고 토마토주스를 만든다. 한 달째 반복되는 작업이다. 씻어둔 토마토를 끓는 물에 데치고 껍질을 벗긴다. 믹서에 간 뒤, 다시 냄비에 넣어 소금과 올리브유를 넣고 끓인다. 식혀서 냉장 보관하면 몸에도 좋고 오래 먹어도 맛있다기에 그렇게 하고 있다. 하지만 오래 먹은 적은 없다. 한 번에 1ℓ짜리 유리병 하나에 들어갈 양을 만드는데, 이삼일이면 다 먹는다.

설거지를 마치고, 노트북 앞에 앉는다. 다음 날까지 마감해야 하는 일이 있는데, 흠······. 테이블이 거슬린다. 테이블 공간이 좁아 일하기 불편하다. 안 되겠다. 테이블 위치를 바꾸자. 기역 자로 배치한 테이블 두 개를 일자로 변경한다. 만족스럽다. 창문을 보려면 고개를 돌려야 하는 게 좀 아쉽지만, 작업하기도 편하고 공간도 넓어 보인다. 그러면서 오늘은 건너뛰기로 마음먹은 청소를 굳이 시작한다.

나의 공간은 음악으로 가득 차고, 밖은 아이들의 웃음소리가 끊이지 않는다. 이 동네 병아리들이 집 앞에 다 모였나 보다. 아이들의 웃음소리는 언제나 싱그럽고 음악 같다. 하지만 오늘만큼은 이 아름다운 음악을 멀리서 듣고 싶다.

어느덧 저녁이다. 쓰레기를 버리러 밖으로 나간다. 버리고 돌아오니 D선생님의 남편이자 집주인이 마당에 쭈그리고 앉아 뭔가를 하고 있다. "뭐 하세요?" 묻다가 소스라치게 놀란다. 늘 품위를 유지하려는 선비 스타일의 집주인이 맨손으로 닭 털을 뽑고 계신다. 벌써 세 번째 목격이다.

'헉' 놀라는 소리에 마당 한쪽에서 무심하게 상추를 따던 D선생님이 다가와 상추 한 움큼을 내민다. "상추랑 고추 좀 따다 먹어." 놀란 가슴을 추스르며 상추를 받아 들고 집 안으로 들어온다. 마당에 있는 화덕에선 계속 연기가 모락모락 피어나고, 잠시 후 맡기 힘든 냄새가 창문을 통해 들어온다. 속이 좋지 않다. 슬그머니 창문을 닫는다.

집주인은 아들의 약을 달이는 거라고 했다. 며칠 전에도 화덕

연기와 함께 이 냄새가 났는데, 아마도 약을 오래 먹일 건가 보다. 그때마다 닭장에 있는 닭이 두 마리씩 사라지고, 닭장 옆에 사는 개는 한참을 짖어댄다.

혼자이고
싶지만

외로운 건
싫다

비혼 여성이 시골에서 혼자 산다는 것

누군가는 귀농·귀촌을 '사회적 이민'이라고 했다. 문화가 다른 낯선 곳으로 이민 가는 것처럼 철저히 준비해야 잘 정착해 살 수 있기 때문이다. 실제로 겪어보니 그랬다. 할아버지, 할머니가 대부분인 시골 생활은 내 생각과 너무 달랐다. 어느 정도 예상은 했지만 마을 안에 들어가 산다는 것은 관계 속으로 보다 깊숙이 들어간다는 것이고, 때론 어르신들의 과한 오지랖까지 감수해야 한다는 걸 의미한다.

특히나 마을에서 혼자 사는 젊은 여자는 관심의 대상이다. 으레 "남편은 뭐 하느냐", "자식은 몇이냐"라는 질문이 따라붙는다. 그들에게는 여자 혼자 시골에 왔을 거라는 예상 답안이 없다. 결혼은 안 했고 혼자 왔다고 하면 엄청난 질문과 훈계가 뒤따른다. 내 의사 따윈 전혀 안중에 없이 "누구네 아들이 총각인디~" 하며 아무나 갖다 붙이기 일쑤다. "결혼해서 음양의 조화를 이루고 사는 것이 세상의 이치거늘~"이라는 말로 시작하는 고리타분한 일장 연설을 듣기도 한다. 시골 어르신들은 나의 삶의 방식을 전혀 이해하지 못했고, 존중해주지 않았다. 그래서 나름의 모범 답안을 만들었다.

"남편은 지금 러시아에 주재원으로 가 있어요. 제가 몸이 약한데, 러시아가 너무 추워서 남편이 다시 한국 들어올 때까지 몇 년만 따로 살기로 했어요. 덕분에 이렇게 공기 좋은 시골에도 살아보고 좋네요. 호호호."

아쉽게도 이 답안은 딱 한 번밖에 써먹지 못했다. 아는 분이 집을 구한다기에 따라갔다가 모르는 할아버지가 대뜸 남편은 뭐 하냐고 물어서 이렇게 말씀드렸더니 다음 질문이 뒤따랐다.

"으응, 그렇구먼. 그럼 애는? 애는 왜 안 낳았어?"

말문이 막혔다. 모범 답안은 틀렸다. 애초부터 끝나지 않을 질문이었다. 비혼이 잘못도 아닌데 대꾸하기 귀찮다고 거짓말하는 것도 썩 내키지 않았다.

시골 마을에서 여자 혼자 살면 성범죄에 노출될 위험도 크다. 첫 번째 마을에서 살 때는 한밤중에 누군가 집 뒷문을 따고 들어오려고 한 적이 있었다. 문손잡이를 돌리며 계속 문을 열려고 하기에 건물 전체에 불을 환하게 켜고 방화문을 있는 힘껏 발로 쾅 찼다. 그 소리에 놀라서 가버렸는지 다행히 아무 일도 일어나진 않았다. 그날 밤은 휴대폰을 손에 꼭 쥐고 잠을 설쳤다. 112에 신고할까도 생각했지만 놀란 것 외에 피해 본 것이 없어 신고해도 별다른 조치를 취해줄 것 같지 않았고, 혹여 이 일이 소문나 마을에서 사는 게 불편해질까 싶어 그냥 넘어갔다. 일부 아저씨들의 무례함도 여러 번 겪었다. 시골 어르신들이 하는 단골 멘트 "시골에서 여자 혼자 어떻게 사느냐"라는 말속에는 이런 상황들도 포함되는 걸까? 그때마다 난

"할머니들도 할아버지 먼저 보내고 혼자 사시잖아요. 할머니들은 영감 보내고 혼자 사니 세상 편하다고 하시던데요" 하고 웃으며 대꾸했는데, 소름이다. 내가 잘못 이해한 거였어?

아랫마을에서의 삶은 그래도 처음 살았던 윗마을보단 수월했다. 대문도 없이 다른 집들과 동떨어져 덩그러니 있는 건물에서 살아 관심이 집중됐던 윗마을에서와는 달리, 아랫마을에서는 주인집과 대문을 같이 쓰다 보니 마을에서 크게 신경을 쓰지 않았다. 아마도 그 집에 잠깐 와 있는 사람쯤으로 여기는 것 같았다. 하지만 시골살이에서 흔치 않은 재택근무를 하다 보니 일하는 것 자체를 존중받지 못하는 경우가 종종 생겼다.

재택근무의 업무 시간은 평일 오전 10시부터 오후 5시까지로 정해져 있었는데, 일하는 시간에 인근에 사는 귀농한 남자가 연락도 없이 현관 초인종을 누르고 차 한잔 달라며 찾아오곤 했다. 친분이 있어 차를 드리긴 했지만, 올 때마다 30분 이상 앉아 있다 가는 통에 곤란했다. 나는 일하는 중이라 마음이 급해 자꾸 시계를 보는데도 남자는 느긋하게 여유를 즐겼다. 우리 집이 동네 다방도 아닌데. 두 번째 방문 이후로는 남자가 와도 차만 드리고 나는 하던 일을 계속했다. 집에 나 혼자 있는데다 일하는 중이라는 걸 알면서도 계속 찾아오니 언짢기도 하고 거리를 둬야겠다 싶어 현관문에 '오전 10시에서 오후 5시까지 근무 시간이니 급한 볼일 외에는 미리 연락주세요'라고 써 붙여 놨더니 이후엔 오지 않았다. 얼마 안 있어 동네 누군가가 넌지시 "그 사람이 무슨 일로 집에 다녀갔어?" 하고 물었고, 나는 잘못한 것도 없이 뜨끔했다. '아, 시골에서는 사람들 눈이 CCTV구나, 괜한 오해 살 일도 하지 말아야겠구나' 싶었다. 시골에선 눈치를 보며 살아야 한다.

나 혼자여도 정말 괜찮을까?

시골살이를 결정할 때 가장 먼저 한 고민은 '어디로 갈 것인 가'다. 오래전부터 지리산 자락이라는 큰 틀을 정해두고, 마을을 정할 때 기준이 된 것은 또래 친구가 있는지 였다. 연고가 없는 시 골로의 이주를 결심하고 지역을 선택할 때 친구가 한 명이라도 있 으면 그곳으로 마음이 많이 기울기 때문이다. 일단 귀농학교에 들 어가 연고를 만들어놓고, 멀지 않은 마을을 중심으로 주거지를 알 아봤다. 젊은 사람들이 많이 귀농해 사는 곳들은 땅값이 비싸고 집 구하기도 힘들어 나름 세운 기준으로 마을을 선택하기가 쉽지 않았다. 우여곡절 끝에 시골살이의 첫 번째 집을 구하게 되면서 나는 생각을 바꿨다.

'친구가 있는 곳으로 갈 수 없으면 친구를 이곳으로 오게 만들 자.'

환경이 갖춰진 곳이면 사람이 올 거라고 생각했다. 비록 나는 또래 친구가 없는 동네로 왔지만, 내가 먼저 이곳에서 자리 잡고 살 면 다른 누군가도 들어와 살 수 있지 않을까 싶었다. 마음에 드는 땅 을 사고 나니 그 생각은 확고해졌다. 뜻 맞는 친구들이 들어와 산다 면 나도 아름다운 이 마을에 뿌리내리고 살 수 있을 것 같았다. 시골 에 특색 있는 카페와 게스트하우스를 만들고 친구들과 재미있는 공간을 꾸려보고 싶었다. 농장을 만들어 우프도 해보고 싶었다. 우프(WWOOF)는 전 세계에 있는 친환경 농가 등에서 봉사자가 하루에 반나절 일손을 도와주고 숙식을 제공받는 글로벌 네트워크 활동이다. 이런 멋진 환경에서 전 세계의 다양한 사람들과 연결될 수 있는 우프를 하면 시골살이에 활력을 더해줄 것 같았다.

시골살이에서 가장 중요한 건 살 집이다. 새로운 이들이 이곳에 와서 정착하려면 집을 마련할 때까지 걱정 없이 머물 곳이 필요했다. 문제는 '집'이 없었다. 쓸 만한 빈집 자체도 별로 없거니와 폐쇄적인 동네다 보니 혼자 오는 외지인에게 웬만해선 집을 빌려주려 하지 않았다. 그런 상황에서 친구들이 와서 정착할 수 있도록 내가 도움을 줄 수 있을지, 이곳에서 계획한 일들을 하며 살 수 있을지 확신할 수 없었다. 앞이 보이지 않았다. 자연환경만 고집하다 정작 중요한 사람은 놓쳐버리고 이곳으로 온 건 아닐까? 시골살이에 대한 환상이 점점 깨지기 시작했다.

어르신들은 시골에 젊은이들이 없다며 시골의 미래를 걱정한다. 하지만 시골살이에 관심을 갖는 젊은이들은 생각보다 많다. 늘 치열하게 경쟁하며 사는 팍팍한 도시에서의 삶 대신, 물질적으로 조금은 가난하더라도 다른 속도로 살아볼 수 있는 시골에서의 삶을 원하는 청년들이 점점 늘고 있다. 다만 이들이 시골살이를 망설이는 큰 이유는 '살 곳'과 '일할 거리', '또래 친구'다. 막상 마음을 먹더라도 뭐부터 준비해야 할지 몰라 막막하고, 주저하는 것도 사실이다.

　사회초년생이나 자본이 많지 않은 젊은 층이 시골에 살려면 우선 거주할 수 있는 빈집이 있어야 하는데, 이를 구하기가 쉽지 않다. 시골에 빈집이 넘쳐난다고 하지만 주인들이 쉽사리 내주질 않는다. 외지인에 대한 경계도 물론 있지만, 행여나 도시에 사는 자식들이 언젠가 돌아올까 싶어 임대나 매매를 망설이기도 한다. 고향을 잘 찾지 않는 자식들도 고향집이 폐가가 되도록 묵혀둘지언정 다른 사람에게 빌려주거나 파는 건 반대한다.

　운이 좋아 살 집을 찾더라도 일자리를 구하는 일이 남는다. 최근에는 청년 인구를 늘리고자 다양한 지원 정책을 펴는 지자체가 늘고 있지만, 그것만으로 시골을 활성화하고 젊은 층을 끌어들이기엔 역부족이다. 여전히 상당수의 농촌에서 운영하는 정책은 돈 많은 은퇴자 모시기에 초점을 맞추거나, 귀농해 농사지을 일꾼을 모집하는 게 아닌가 싶을 정도로 농업인 이외의 귀촌인은 소외시킨다. 실질적인 고민 없이 지역에 돈이 되는 기업을 유치하고, 돈 많은 부유층이 전원주택을 짓고 지역에서 돈을 많이 쓰게 하거나, 그저 대출을 통해 빚쟁이 농부를 육성하려는 게 목적이 아닌가 하는 의문이 든다. 진정 청년 인구를 늘리고 농촌을 활성화하려는 의지가 있는 걸까?

내가 살던 마을을 둘러봐도 귀농·귀촌인은 대부분 가족 단위였다. 비혼 여성 1인 가구인 나와는 연령대도 가족 형태도 달랐다. 게다가 공통의 관심사가 없다 보니 속 깊은 대화를 나누기도 어려웠다. 마을 사람들과 잘 어우러져 살려면 마을에 새로 들어온 나이 어린 내가 그들에게 가까이 다가가 자연스레 섞여야 하는데, 지극히 내성적인 성격인 나에겐 너무 힘든 일이었다. 반년 정도 애쓰다 지쳐버렸다. 마을에서 난 너무나 이질적인 존재였다. '내가 여기서 뭐 하고 있는 걸까' 회의감이 들었다. 마을을 벗어나 차로 30분 정도 이동하면 내가 처음 집을 구할 때 도움을 줬던 친구와 친구의 친구들이 살고 있었지만 자주 어울리진 못했다. 친하게 지내고 싶었지만 단단해 보이는 친구들의 커뮤니티에 들어가는 것이 어려우면서 조심스러웠고, 시골에서 자동차로 30분 거리는 생각보다 꽤 멀었다.

시골살이를 준비하면서 가장 답답했던 점은 나처럼 결혼하지 않고 홀로 귀촌을 준비하는 청년들이 실질적인 정보를 얻을 수 있는 곳이 없다는 것이었다. 혼자서 시골로 이주한 다른 청년들은 어떻게 살고 있는지 궁금했다. 지금이야 귀촌에 관심 있는 청년도 많아지고 정보도 쉽게 찾을 수 있지만, 10년 전엔 다들 어디 숨어 있는지 개인적으로 만나 교류하기가 쉽지 않았다. 그러다 시골로 와서야 지역에서 열리는 청년귀촌캠프에 참여할 수 있었고, 그곳에서 이미 시골로 이주해 살고 있거나 시골살이를 꿈꾸는 청년들을 만나 이야기를 나눌 수 있었다.

그런데 청년귀촌캠프에 참여해보니 내 나이가 꽤 많은 편에 속했다. 그전에 귀농학교라는, 과거 귀농·귀촌의 정통코스(?)를 밟았을 때는 참가자의 평균 연령이 50~60대라 30대의 난 애송이였다. 반면, 캠프에서는 나보다도 훨씬 어린 나이에 시골살이를 시작한 친구들이 많았다. 용기가 대단하다고 생각했다. 귀농학교에서 동기들이 나를 바라볼 때도 이런 마음이었겠지? 그래도 가족이라는 울타리 안에 있는 귀농·귀촌인을 보다가 혼자 시골살이를 하려는 사람들과 있으니 나만 이방인은 아닌 것 같아 마음은 편했다. 귀농학교에선 '나 혼자여도 정말 괜찮을까?' 조금 걱정이 됐는데, 캠프에 참여해보니 '혼자인 사람들이 서로 연대한다면 얼마든지 괜찮을 수 있겠구나' 싶었다.

가자, 또래 친구가 있는 곳으로

시골살이가 두 해를 넘어갔지만, 어떻게 살아야 할지에 대한 고민은 더 커졌다. 그 답을 찾고 싶어 그해 여름 두 달간의 여행을 떠났다. 하필 가고 싶은 곳이 물가 비싼 북유럽이었고, 여행 경비 마련을 위해 몇 년간 부은 연금보험을 손해 보고 해약했다. 집 짓는 비용을 마련하려면 한 푼이라도 더 저축해야 할 시기에 내가 제정신인가 싶었지만, 그땐 여행이 더 간절했다.

여행 준비를 하다 서랍장에서 발견한 종이 한 장을 보고 깜짝 놀랐다. 2년 전 여름, 귀농학교에서 작성한 버킷리스트에는 2년 후 대자연을 느낄 수 있는 북유럽에 갈 것이라고 적혀 있었다. 그걸 동기들 앞에서 발표까지 했는데 까맣게 잊고 있었다니. 그때만 해도 여행을 가고 싶단 생각도, 계획도 전혀 없었는데 왜 그런 걸 버킷리스트에 적었는지 모르겠다. 그리고 버킷리스트에 적힌 대로 정확히 2년 후 여름에 나는 떠났다.

여행을 떠나기 전, 다리를 다쳐 병원에 입원해 있던 집주인 D선생님에게 잘 다녀오겠다고 인사도 드릴 겸 병문안을 갔다. 병실에 들어가니 마침 친구와 통화하고 계셨다. 나와 눈이 마주치자 웃으며 인사하시더니, 대뜸 전화 속 친구에게 이런 말을 건넸다.

"야, 너 주위에 노는 남자 하나 없냐? 우리 집 문간방에 아가씨

142

하나 사는데 소개해주려고."

순간, 너무 충격을 받았다. 내가 잘못 들은 건가 싶었다.

'노는 남자'라니? 남아도는 아무 남자를 나에게 갖다 붙이려는 건가? '놀다'라는 의미가 결혼을 안 한 남자를 말하는 건가? 혹시 사투리로 내가 모르는 다른 뜻이 있나? 도대체 이게 무슨 의미지? 마음속으로 나를 하자 있는 사람 혹은 함부로 대해도 되는 사람이라고 여기고 있었던 건가 싶어 불쾌했다. 나는 결혼하지 않을 거라고 여러 번 말했는데 무시당한 느낌도 들었다. '문간방 아가씨'라는 말도 기분 나빴다. 내가 대문과 가까운 바깥채에 살고 있으니 따지고 보면 틀린 말은 아니지만, 어감에서 하대의 뉘앙스가 느껴졌다. 내가 귀농인의 집에 잠시 머무는 것을 모르는 그분의 친구에겐 '문간방 아가씨'라는 저 짧은 단어가 어떤 의미로 전달됐을까? 내가 너무 예민하게 받아들이는 건가 싶기도 하고, 노는 남자를 소개시켜 주겠다는 말이 너무 신선해서 주위의 여러 사람에게 물어보았다. 그들도 나처럼 모두가 듣자마자 기분 나빠 했다. 만약 내가 그분에게 "주변에 노는 남자 있는지 알아봐서 따님에게 소개해줄까요?"라고 말한다면 그분은 유쾌하게 받아들일 수 있을까?

D선생님이 분명 나쁜 의도를 가지고 말하진 않았을 거라고 믿는다. 그동안 보아온 그분은 정이 많아 주변을 잘 챙기는 좋은 사람이다. 나 역시 도움받은 일도, 감사한 일도 많았다. 그러나 가끔 상

대를 존중하지 않는 언사로 당황스러울 때가 있었다. 특히 저 말은 충격이 커서 토씨 하나 안 틀리고 문장 그대로 머릿속에 깊이 새겨졌다. 그날 웃으며 친구에게 말하던 그분의 얼굴과 병실의 풍경까지 아직도 생생하다. 시골에 살면서 나를 잘 모르는 마을 사람들이 나에 대해 어떻게 말하던 상관없었지만 나름 가깝게 지낸 분으로부터 그런 말을 들으니 상처가 됐다. 친하니까 편하게 말한 거라고 할 수도 있겠지만, 어쩌면 이게 혼자 사는 여자를 가볍게 보는 어른들의 보통 정서인가 싶은 생각도 들었다. 이런 정서라면 나는 절대 익숙해지기도 동화되기도 힘들겠구나 싶었다. 시골에서 남녀노소 상관없이 서로를 존중하며 사는 건 정말 어려운 일일까?

그래도 내가 2년 반 동안이나 그곳에서 살 수 있었던 건 주변에서 많은 분이 도움을 주신 덕분이다. 혼자 시골에 살겠다고 온 낯선 이방인에게 따뜻하게 손을 내밀어주고, 마을에 잘 정착해 살 수 있도록 알게 모르게 신경 써줬다. 시골살이에 필요한 정보를 아낌없이 알려주신 귀농학교 교장 선생님과 교육팀장님, 갑자기 갈 곳 없어진 내게 머물 공간을 내어주신 윗마을 이장님과 부녀회장이자 훗날 귀농인의 집 주인인 D선생님, 땅을 살 때 도움 준 아랫마을 이장님, 그리고 언제든 쉴 곳이 돼준 인근의 작은 절 등등. 다 너무나 감사하다.

특히 나를 걱정해주고 늘 잘하고 있다고 응원해 준 Y언니는 시골 생활에서 큰 의지가 됐다. 내 땅 위쪽에 멋진 한옥을 짓고 사는 Y언니는 나보다 네 살 많은데, 언니라는 호칭에 인색한 내가 스스럼없이 언니라고 부르는 몇 안 되는 사람이다. 사실 그곳에 사는 동안에는 언니와 자주 만나거나 많은 이야기를 하진 못했다. 처음 만났을 때 언니는 둘째 출산을 앞두고 있었다. 내가 그곳에 사는 2년 반 동안 언니는 둘째를 낳고 두 아이를 양육하느라 바빴다. 그런 와중에도 내가 고민이 있거나 중요한 결정을 내려야 하는 순간마다 언니는 내가 좀 더 나은 선택을 할 수 있도록 도와줬다.

Y언니와는 그때보다 지금 더 가까워졌다. 손재주가 좋은 언니는 바쁜 틈틈이 옷을 만들고, 텃밭과 정원을 가꾸고, 음식을 만든다. 나에게도 그 소중한 결과물들을 나눠주곤 한다. 우리는 친한 사이지만 언니는 여전히 내게 존댓말을 한다. 언젠가 언니에게 이제 편하게 반말하라고 말했을 때 언니는 생각지도 못한 의외의 대답을 했다.

"나는 사람들이 서란을 시골에서 혼자 사는 나이 어린 여자라고 함부로 대하지 않았으면 좋겠어요."

언니는 자신이 나에게 존댓말을 하면 그걸 보는 다른 사람도 나를 존중하게 될 것이라고 했다. 진심으로 나를 생각해준 깊은 뜻에 눈물이 날 것 같았다. 지금은 좀 더 편하게 말하지만 언니는 여전히 나에게 존댓말을 한다. 좋은 친구이자 인생의 스승이기도 한

Y언니는 내 첫 번째 시골살이에서 얻은 귀한 인연이다.

이런 인연에도 불구하고 긴 여행이 끝나고 나니 다시 예전에 살던 곳으로 돌아가 살 자신이 없어졌다. 여행에서 돌아오자마자 지금 사는 이 지역에 먼저 자리 잡고 살던 친구 K를 찾아갔다. 비슷한 시기에 시골살이를 시작한 동갑내기 친구로, 2년 전 청년귀촌캠프를 통해 인연을 맺어 종종 연락해오던 터였다.

"나 여기로 이사 오려구요."

아무런 설명도 없이 그녀를 만나자마자 대뜸 이렇게 말했다. 그런 나에게 그 친구도 짧게 대답했다.

"웰컴."

둘이서 함께하는 시골살이

3장

이웃과

식구가
되다

친구와 함께 살기로 했다

그로부터 한 달 뒤 나의 두 번째 시골살이가 시작됐다. '숲이 있고 좋은 공기와 물만 있으면 혼자 얼마든지 살 수 있어'라고 생각한 나였는데, 이곳으로 이사 올 때는 '혼자선 절대 시골 마을에는 안 들어갈 거야'라는 생각으로 읍내에 집을 구했다. 이곳은 비록 집 주변에 숲은 없지만 강변 산책로가 있고, 번화한 시골 느낌을 지닌 것이 동네가 묘했다. 창문 너머로 밭이 보이고 멀리서 농기계 소리가 들리는데, 집 근처에 편의점도 있고 20분만 차를 타고 가면 도시에 닿을 수 있다. 드디어 나도 다시 문화생활을 누릴 수 있게 된 것이다. 완충지를 거치지 않고 처음부터 서울에서 바로 '깡촌'으로 들어갔던 나에게, 시골인 듯 도시인 듯 다양한 면이 공존하는 이곳은 그야말로 신세계였다.

첫 번째 시골 마을에 살 땐 항상 주위 사람들을 신경 쓰고 만나고 싶지 않은 사람이라도 얼굴 보며 살아야 했는데, 이곳에서는 내가 원할 때 선택적인 만남이 가능했다. 무엇보다 이곳에 살며 감사한 건 마음 맞는 또래 친구가 생겼다는 점이다. 원래 이곳은 비슷한 시기에 귀촌한 또래 지인들이 살고 있어 가끔 왕래하던 곳이다. 전부터 연락하며 지냈던 친구와는 이사 후 더 가까운 사이가 됐고, 새로 알게 된 좋은 사람들도 여럿 생겼다. 특히 맞은편 집에 살던 친구 어리와는 함께 집밥을 먹으며 단짝이 됐다.

어리도 나처럼 도시가 아닌 지역에서 살고 싶던 차에 우연한 기회로 이곳에 와서 살고 있었다. 어리와는 그전에 귀촌캠프에서 만나 서로 얼굴만 아는 사이였는데, 집을 계약한 후에야 우리가 이웃이라는 사실을 알게 됐다. 이사 후 우리는 이웃사촌이 생긴 반가움에 서로의 집에 자주 오가며 식사도 같이하고 대화도 많이 나누며 친해지게 됐다.

공감대가 형성되면서 우리는 시골에서 무얼 하며 어떻게 살지, 비혼 여성의 노후 준비는 어떻게 해야 할지와 같은 고민을 많이 나눴다. 그러다 혼자보단 둘이 낫지 않을까, 같이 사는 건 어떨까 하는 이야기도 했다. 난 예민한 편이라 이제껏 다른 누군가와 한집에서 사는 건 어려울 거라고 생각했다. 그런데 이러한 생각도 이곳에 오면서 변하기 시작했다. 이것이 나이가 들면서 자연스럽게 생각이 변한 건지, 아니면 시골에서 혼자 산다는 게 꽤 피곤하고 어려운 일이라는 걸 직접 경험해보았기 때문인지는 잘 모르겠다. 이전과는 좀 다르게 살아보고 싶기도 했고, 다른 사람이랑 같이 살면 서로 맞춰가는 과정에서 내가 좀 더 유연해지지 않을까 궁금하기도 했다. 어리도 그즈음 시골 생활 3년 차에 접어들면서 명확히 그려지지 않는 미래를 불안해하며 변화를 원하고 있었다.

그런 나와 이웃사촌 어리와의 동거는 물 흐르듯 자연스레 진행됐다. 매일 저녁 식사를 함께하던 우리는 1년 후 어리의 집 전세 만기가 도래하면서 어리가 우리 집에 들어오는 것으로 살림을 합쳤다. 타인과 함께 사는 일생일대의 모험에 도전하기로 한 것이다. 그전까지 나는 타인과 공간이나 물건을 공유하며 살아본 경험이 별로 없다. 형제도 오빠뿐이라 어릴 때부터 나의 공간, 나의 물건이 따로 존재했고, 성인이 되고 나서는 20년 가까이 혼자 살았다. 그런 내가 이웃집 친구와 차 한 대를 함께 쓰는 카셰어링(Carsharing)을 시작한 데 이어, 한집살이를 하게 된 것이다. 누군가와 함께 산다는 건 조심스럽고 또 조심스러운 일이다. 그럼에도 불구하고 '일단 함께 살아보지, 뭐' 하는 마음으로 그렇게 우리의 동거가 시작됐다. 나에게 찾아온 놀라운 변화다.

다행히 우리는 동거인이 되기에 잘 어울렸다. 무엇보다 어리는 무던하고 단순한 성격이라 나의 예민함을 대수롭지 않게 받아들였다. 게다가 우리는 둘 다 채식을 한다는 공통점이 있다. 어리는 요리를 잘하고, 나는 정리와 청소를 잘한다. 어리는 힘쓰는 일을 잘하고, 나는 꼼꼼하게 챙기는 일을 잘한다. 또, 어리는 남에게 싫은 소리를 잘 못하는데, 나는 그걸 잘 대신해준다. 이거, 나름 괜찮은 조합 아닌가. 성격이나 성향이 다른 듯 닮은 부분이 많아 크게 싸우거나 부딪히지도 않는 편이다. 한편으로는 걱정되고 두렵기도 했지만, 좋은 친구와 함께하니 앞으로 이곳에서의 삶이 더 괜찮아지리라 기대했다.

　혼자 살던 집에 둘이 사는 데도 살림살이는 크게 늘지 않았다. 어리가 풀 옵션 집에 살았던지라 어리 소유의 가전이나 큰 가구가 없었고, 둘 다 원체 짐이 많지 않은 편이었다. 그나마 겹치는 물건들은 다 처분해버렸다. 집안일은 서로 잘하는 걸 맡아서 했다. 장보기, 쓰레기 버리기 등 바깥일과 요리, 설거지는 어리가 했고, 그 외에 청소와 빨래, 살림살이 챙기기 등 나머지 집안일은 내가 맡았다. 그렇게 서로의 부족한 부분을 보완하면서 살기로 했다. 집과 차를 공유하고, 살림에 들어가는 비용을 반반씩 나누니 경제적으로도 절약됐다.

　한집살이 전까지는 사실 좀 두려웠다. 나는 오감이 지나치게 예민하고, 혼자 있는 걸 가장 좋아하고, 혼자 있어야 에너지 충전이 되는 사람이다. 그래서 누군가와 같이 잘 살 수 있을까 걱정을 많이 했다. 그런데 막상 친구와 살아보니 생각보다 좋은 점이 훨씬 많았다. 즐거웠고, 평화로웠다. 혼자 살면 내가 싫어하는 일도 다 해야 하지만, 둘이 살면 서로가 싫어하는 걸 대신해줄 수 있다는 점도 만족스러웠다. 덕분에 이곳에 와서는 삶이 편안해졌다.

집안일은 왜 나만 하는 것 같지?

그렇게 몇 개월을 보내며 조화롭게 잘 살아가는 듯했지만 문제가 된 것이 하나 있었다. 그것은 바로 나의 청결 강박이었다. 난 외출복을 입은 상태로는 현관에서 화장실까지의 동선을 제외하고는 집 안을 돌아다니지 않고, 심지어 휴대폰 케이스도 외출용과 실내용을 구분해서 쓴다. 외출 후 집에 돌아오면 화장실로 들어가 외출복을 벗어 털고, 샤워하고 나와선 외출용 휴대폰 케이스를 에탄올 솜으로 닦아 소독한 후 실내용 케이스로 갈아 끼운다. 나의 오랜 생활 습관이다.

부모님과 함께 살 때는 이 정도까진 아니었는데 독립한 후부터는 나만의 기준이 더 확고해졌다. 소파에도 외출복을 입은 채로는 절대 앉지 않는다. 한 번은 엄마가 집에 오셔서 외출복을 입은 채로 소파에 앉으시기에 옷을 갈아입고 앉으시거나 식탁 의자에 앉으시라고 했다가 무진장 욕을 먹었다. 엄마는 사람들 오면 앉으라고 있는 게 소파인데 앉지도 못하게 하냐며 기가 막힌다고 혀를 끌끌 찼다. 식탁 의자는 나무라 닦을 수 있지만 패브릭 소파는 자주 세탁하기가 어렵다고 하자, 어이없어 하셨다. "편하게 앉지도 못할 소파는 뭐하러 샀니? 어디 불편해서 너희 집에 누가 오겠니?" 하시면서. 소파는 전적으로 나와 어리를 위한 가구인데…… 내가 좀 심한가? 근

155

데 다른 집은 안 그런 거야?

　　이러한 나의 위생 기준은 엄마는 물론이고 어리와도 달랐다. 내 기준에 상대를 맞추려 하지 말자고 다짐했지만, 외면하고 적응하려 애써봐도 어리의 행동이 눈에 자꾸 들어왔다. 어리가 결코 다른 사람에 비해 위생적이지 않거나 지저분한 편은 아니었지만 나와는 스타일이 달랐다. 어리는 외출 후 집에 오면 손발만 씻고 옷을 갈아입은 후 그날의 할 일을 다 마치고 자기 전에 샤워했는데, 바깥의 먼지를 유지하며 몇 시간이나 집 안에서 씻지 않고 돌아다니는 건 내 기준에서는 용납할 수 없는 일이었다. 몸이 자꾸 근질거리는 느낌이 들었다. 지적하고 싶어 입도 근질거렸지만 그래도 용케 그 마음을 잘 누르고 참았다.

　　나는 아토피 때문에 먼지에 취약하다. 그래서 집 안을 항상 청결하게 유지하기 위해 청소에 시간과 정성을 많이 들인다. 실내 공기를 항상 청정하게 유지하고, 하루에도 여러 번 내 기준에서 어긋나는 것을 정리하고, 쓸고, 닦고, 소독해야 직성이 풀린다. 청소할 때도 맨손으로 설거지나 걸레질을 하거나 더러운 것을 여러 번 만지고 나면 어김없이 피부에 발진이 올라와 완치까지 한동안 신경을 써야 하기 때문에 특별히 더 조심한다.

　　그럼에도 불구하고 내가 청소를 맡은 건 더러운 것을 참지 못하기 때문이고, 나의 공간과 나의 물건을 다른 사람이 청소하거나 정리하면 내 성에 차지 않아 결국 다시 하게 되기 때문이다. 참 이상하고 불편하고 피곤한 성격이라는 걸 알지만, 이걸 고치는 게 쉽지 않다. 사실 청소와 정리는 내 삶을 통제하는 수단이기도 하다. 나만의 질서를 만들고, 주변을 잘 살필 수 있기 때문이다. 다행히 어리는 내가 청소하고 정리하는 것에 매우 만족해했다. 내가 잔소리만 하지 않는다면 고급 가사도우미를 이용하는 것 같다며 좋아했다.

둘이 살면 혼자 살 때보다 여러모로 효율적이지만 집안일에 들이는 시간은 줄어들지 않았다. 오히려 더 늘어났다. 재택근무를 하는 나와 달리 어리는 출퇴근을 했기 때문에 당연히 나 혼자 살 때보다 집 안 먼지는 많아졌고, 청소하는 데도 시간이 더 많이 걸렸다. 빨래 양도 늘어나니 세탁기도 더 자주 돌렸다. 함께 산 지 두 달쯤 지나자 문득 집안일은 나만 하는 것 같은 옹졸한 생각이 들었다. 나는 슬슬 언짢아지기 시작했고, 계속 참다가는 우리 사이마저 틀어질 것 같았다. 결국 서로 다른 위생 관념과 집안일 분배에 대한 불만이 터져버렸다. 대화가 필요했다. 그래서 집안일 항목과 담당, 소요 시간, 주기 등이 자세히 적힌 집안일 분담표를 만들었다. 문서로 정리하고 보니 생각보다 집안일에 들이는 시간이 꽤 많았다. 집안일 분담표를 사이에 두고 어리와 식탁 앞에 마주 앉았다.

"이게 우리가 일주일 동안 하는 집안일 목록이야. 아무래도 재조정이 필요할 것 같아. 잘 살펴보고 하기 싫은 일과 조정했으면 하는 일이 있으면 말해줘."

우리는 긴 대화를 나눴다. 어리도 나름의 고충이 있었다. 어리는 요리를 잘하긴 하지만 요리하는 것 자체를 좋아하진 않았다. 그동안 티를 내지 않아 전혀 몰랐다. 게다가 혼자 살 땐 대충 먹고 살았는데, 저녁 한 끼라고 해도 매일 둘이 먹는 음식을 새로 준비하려니 많은 시간과 정성을 들여야 해서 힘들다고 했다. 어리는 매번 요리할 때마다 최선의 맛을 구현하기 위해 정성을 다한다. 퇴근 후 집에 와 음식 준비와 설거지까지 하고 나면 금세 밤 9시가 넘으니 피곤할 만도 했다.

유치하지만 진지한 회의 결과, 식사는 메인 요리 하나만 하고, 전체적으로 집안일을 줄이기로 했다. 하루 두 번씩 하던 청소는 하루 한 번으로 줄이고, 주 1회 화장실 청소는 어리가 맡았다. 종류와 색깔별로 빨래감을 분류해 주 2~3회 하던 세탁도 주 1~2회로 줄였다. 그리고 고맙게도 어리는 생활 습관을 바꾸기로 했다. 외출하고 집에 돌아오면 지체하지 않고 바로 샤워하기로 한 것이다. 나는 제발 좀 무뎌져보기로 했다. 먼지가 조금 있어도 괜찮다, 물건이 널브러져 있어도 괜찮다, 세균은 눈에 안 보이니 괜찮……지 않지만, 그러려니 하고 그냥 좀 살아보기로 했다. 그렇게 우리는 조금씩 맞춰갔다.

다른 듯 닮은 우리

누군가와 함께 사는 데 있어 가장 중요한 게 뭐냐고 묻는다면 난 '비슷한 식성'과 함께 '비슷한 위생 관념'을 꼽는다. 만약 위생 관념이 많이 다른 두 사람이 만난다면 습관과 성격이 상호보완적이거나, 그 차이를 좁힐 수 있는 여지가 있어야 한다. 그게 아니라면 오래 같이 살기 어려울지 모른다. 오랫동안 몸에 밴 습관과 성격을 고친다는 건 정말 어려운 일이니까. 나와 어리가 잘 지낼 수 있는 건 그 간극이 아주 크지 않아 서로에게 맞출 수 있기 때문이다.

어리는 나에 대해 "겉으로 보기엔 예민하고 까칠해 보이지만 '먼지'라는 한 요소만 없애주면 의외로 단순하고 맞추기 쉬운 사람"이라고 평가한다. 어리가 만약 나의 청결 강박을 이해하지 못하고 불편해했다면 같이 살기 힘들었을 거다. 어리는 나의 청결 강박을 그러려니 하고 받아들였고, 어느 정도 나와 비슷한 면도 있다. 어리도 나름의 규칙이 있어 이를 지키지 않으면 질색한다. 식사 후 개수대에 그릇을 포개놓으면 그릇끼리 오염된다며 싫어하고, 화장실 거울에 물 얼룩이 생기면 바로바로 닦아야 한다. 어리가 주방일을 할 때 보면 나보다 더 깔끔하게 설거지하고, 매일 가스레인지를 포함해 싱크대를 꼼꼼하게 닦는다. 이렇듯 우리의 깔끔함과 예민함은 다른 듯 닮았다.

함께 살다 보니 서로 닮아가는 것도 있겠지만 우리의 성격은 꽤 잘 맞는 편이다. 나는 기본적으로 사람에 대해 관심이 많은 편이지만 일부의 사람과만 깊은 교류를 하는 반면, 어리는 다른 사람에게 별로 관심을 두지 않지만 모든 사람과 두루두루 잘 지낸다. 결과적으로 친구를 잘 만나지 않는 건 똑같다. 우리는 둘 다 사람 많은 곳에 가는 걸 좋아하지 않고, 계획적이며, 효율을 매우 중시한다. 집에 있는 걸 가장 좋아해 웬만하면 외출을 잘 안 하는 편이지만, 외출할 때면 해당 동선에 맞는 모든 볼일을 한 번에 다 해결하고 온다. 여행이라도 가게 되면 열심히 계획을 세우고 밑바닥 체력까지 끌어올려 최선을 다해 여행을 즐긴다. 마음먹기가 힘들지 한번 마음먹으면 열심히 한다.

생각해보면 효율을 중시하기 때문에 집안일 분배도 쉬웠다. 횟수나 시간이 아닌, 철저하게 개인의 능력(?)과 성향으로 집안일을 나눠 맡았다. 시간만 두고 보자면 나는 하루 평균 두세 시간 정도, 어리는 그 절반 정도를 집안일을 하는 데 사용하는 편이니 불공평한 분배처럼 보인다. 하지만 음식물쓰레기 처리 같은 일을 시간으로만 계산하긴 어렵다. 비위가 약한 나는 한 시간 청소와 5분 음식물쓰레기 버리는 일 중에 선택하라고 한다면 고민 없이 청소를 택한다. 반면 어리에게는 음식물쓰레기 수거함 뚜껑을 여는 일 따윈 아무것도 아니기 때문에 시간을 절약하는 일을 택하는 게 효율적이다. 주방일 담당은 어리이지만, 설거지 후 건조된 그릇을 싱크대에 넣어 정리하는 건 나의 몫이다. 이것 역시 서로의 기준에서 효율을 택한 결과다.

대화 코드도 잘 맞는 편이다. 동거 초반 우리는 이렇게 말이 많은 사람이었나 싶을 정도로 새벽까지 수다를 떨곤 했다. 매일 저녁, 하루 동안 있었던 일들과 보고 들은 뉴스, 같이 살기 이전에 경험했던 일, SNS에서 본 시답잖은 유머들까지 이야기하다 보면 서너 시간은 금세 지나갔다. 함께 산 지 1년이 넘어가면서 대화 시간이 전보다 줄긴 했지만, 지금도 여전히 대화를 많이 나누며 산다. 평화로운 날들이지만 부작용도 있다. 혼자 살 땐 친구를 만나기 위해서라도 집 밖에 나가야 했는데, 집 안에 좋은 친구가 있으니 굳이 밖에 나갈 필요가 없어졌다. 이러다 우리 모두 사회성이 떨어져 이제 어디 가서 말 한마디 못 하는 거 아닐까, 그나마 있던 친구도 다 사라지는 거 아닐까 걱정스러울 정도다. 그렇게 우리는 서로의 삶에 녹아들며 가족이 돼가고 있었다.

함께하는
즐거움

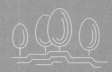

사부작사부작 놀면서 배우기

서로에 대한 적응기가 어느 정도 끝날 무렵, 우리는 함께 즐기며 할 수 있는 일들을 하나둘 찾아서 하기 시작했다. 친한 친구 부부가 운영하는 협동조합의 조합원이 되어 함께 여러 일을 도모해보기도 했다. 플리마켓을 기획해 그곳에서 직접 만든 샌드위치와 음료를 팔기도 하고, 협동조합이 주관한 귀촌 청년을 위한 행사에 도우미로 참여하기도 했다. 평소 관심 있었던 일들도 하나씩 배워나갔다. 세상이 어떻게 변할지, 우리가 어디에서 뭘 하며 어떻게 살게 될지 예측할 수 없으니 일단 다 도전해보자는 생각이었다. 그러다 보면 의외의 적성을 찾을지도 모르니 말이다.

주변에서 근황을 물어올 때면 항상 아무것도 안 하고 그냥 지낸다고 하지만, 생각해보면 언제나 뭘 배우거나 끊임없이 뭔가를 계속하고 있었다. 소파 지박령처럼 온종일 소파에 누워만 있는 날도 있지만 그 순간에도 머릿속에선 뭘 할까를 항상 고민했다. 아무것도 안 하고 싶어 하는 우리가 호기심은 많아서 다행이었다. 새로운 일을 선택하는 기준은 흥미가 있거나, 재미가 있거나, 의미가 있거나, 셋 중 하나다. 이곳에서는 하기 싫은 일은 하지 않는다. 여기저기 기웃거리며 발만 담근 수준이지만, 그동안 거쳐 간 짧은 배움들은 계속해서 새로운 배움으로 연결되고 있다.

그동안 배운 것들을 떠올려보면 이렇다. 우선 여가를 즐겁게 보내기 위해 악기 하나쯤은 잘 연주해보자 싶어 나는 우쿨렐레를, 어리는 기타를 배웠다. 여름부터 겨울까지 몇 달간 즐겁게 배우고, 함께 배운 친구들끼리 모여 연말에 소소한 발표회를 했다. 재미는 있었지만 악기 연주 모임이 끝난 후에는 동력을 잃었다. 집에서 악기를 연주하는 건 아무래도 이웃집에 눈치가 보이다 보니 두세 번 연습해본 후 악기는 방 한구석에 고이 모셔뒀다. 그다음은 건강을 위해 요가를 배웠다. 요가는 적성에 맞았지만, 사정상 꾸준히 하지 못했다. 요가 교육을 3개월 정도 받다가 쉬고 또 3개월 정도 받다가 쉬기를 반복했다. 결국 어리는 좋아하는 수영으로 갈아탔고, 물을 무서워하는 나는 수영 대신 유튜브에서 요가 채널을 구독하며 생각날 때만 가끔 집에서 요가를 했다.

그러다 어리가 코로나19로 수영장을 못 다니게 되고, 나도 실내 자전거를 비롯해 여러 홈트레이닝을 전전하다가 우리는 올해 초부터 다시 집에서 매일 요가를 하고 있다. 나와는 달리 부지런하고 성실한 어리는 다시 주 3회 수영장까지 다니며 체력을 다지고 있다. 역시 어리는 근면, 성실의 아이콘이다. 나도 어리를 본받아 근력운동을 좀 해야 하는데 여전히 마음뿐이다. 운동을 싫어하지만 조금이나마 건강하게 늙어가려면 이젠 정말 더 이상 미룰 수 없을 것 같다.

우리 둘 다 집중해서 열심히 했던 것 중 하나는 식물 세밀화 그리기다. 둘 다 예술적인 재능을 타고나진 못했지만, 식물을 오래 관찰하며 연필로 세밀화를 그리는 건 생각보다 재미있었다. 지역 도서관 특화 프로그램으로 몇 개월 수업을 듣고 난 이후에도 계속하고 싶었지만, 코로나로 인해 아쉽게도 모임이 무산돼 이어가지 못했다. 어리와 집에서 나란히 앉아 그려보기로 했으나 역시나 쉬는 중이다.

그 외에도 새로운 것을 배우는 걸 좋아하는 나는 수제 도장 만들기, 캘리그래피, 그림책 만들기, 카페 매니저 과정, 바리스타 과정 등 평소 관심 있는 분야에 대한 교육을 들으러 다녔다. 취미로 삼을 만한 것들을 즐겁게 배우다 보면 적성도 찾고, 혹 취미가 돈 버는 일로 이어지진 않을까 기대했으나 모두 재미에 그쳤다. 그마저도 끈기가 없어서인지 배울 때만 열심히 하다가 교육이 끝나면 시들해져 잘 찾지 않게 됐다. 이제껏 배운 것 중 진득하게 지속할 수 있는 게 뭐가 있을까 고민해봤지만 아직은 찾지 못했다.

앞으로 또 어떤 새로운 배움을 이어갈지 모르겠다. 그래도 소박한 목표는 하나 세웠다. 올해가 가기 전 '다리 찢기'에 성공하는 것. 유연성도 기르고, 다리를 일자로 찢을 수만 있으면 어려운 요가 동작도 수월하게 할 수 있으니 도전해보기로 했다. 무엇보다 다리를 쫙 찢으며 요가 하는 사람을 보면 너무 멋있으니까. 어리와 나는 다리 찢기에 먼저 성공하는 사람에게 소원 하나를 들어주기로 했다. 승부욕이 생긴다. 무슨 소원을 말해볼까.

정성 들여 음식을 만들고 함께 먹는 기쁨

함께 살기 시작하면서 우리는 마을 텃밭을 분양받았다. 여기도 나름 시골인데 텃밭 농사라도 지어야 하는 거 아닌가 싶어 건강하고 신선한 채소를 직접 키워 먹기로 했다. 10평 텃밭에 작물을 얼마나 키울 수 있을까 했는데 10평은 생각보다 컸다. 무리하지 말고 우리가 자주 먹는 채소 위주로 가지, 토마토, 바질, 루콜라, 쌈 채소 등을 심었다. 농사는 매우 성공적이었다. 팔뚝만 한 가지가 수두룩하게 달렸고, 방울토마토와 토종토마토도 우리가 충분히 먹고도 남을 만큼 계속 열렸다. 허브는 역시 번식력이 대단해서 바질도 무성하게 잘 자랐다.

수확 철이 되자 매일 토마토와 가지, 바질 요리를 먹고 또 먹었다. 남아도는 바질을 없애기 위해 값비싼 국산 잣을 사서 바질페스토를 잔뜩 만들었다. 배보다 배꼽이 컸다. 바질페스토 요리를 얼마나 많이 먹었는지 물려서 몇 년간 바질은 거들떠보지도 않았다. 특유의 식감 때문에 가지를 좋아하지 않았던 나는 어리를 만나 가지의 맛에 눈을 떴다. 어리는 토마토와 가지를 주재료로 하는 맛있는 요리를 자주 만들었다. 우리만 먹기에 아쉬운 맛이었다. 내가 식당을 차려도 되겠다고 하자, 어리는 '가지가지 토마토'라는 이름이 좋겠다고 했다. 한적한 시골 마을에 있는 소박한 비건 식당 이름으로 제격이었다. 하지만 식당을 하면 버려지는 음식물쓰레기가 너무 많이 나온다는 말에 차마 뛰어들 용기가 나지 않았다. '가지가지 토마토'는 가게 상호에 대한 상표권 등록이라도 미리 해놓을까 고민했을 만큼 마음에 쏙 드는 이름이어서 언젠가 저 이름으로 뭔가를 할지도 모르겠다.

우리는 며칠에 한 번씩 차에 농기구를 싣고 집에서 도보로 10분 정도 거리에 있는 텃밭에 가서 채소를 가꿨다. 그러다 둘 다 일이 바빠지기도 하고 게을러져서 2년 만에 텃밭 농사를 그만뒀다. 우리가 텃밭 농사를 그만둔 건 텃밭 딸린 단독주택에 살고 있지 않아서라는, 핑계 아닌 핑계를 대면서. 역시 텃밭은 집 바로 앞에 있어야 부지런히 가꿀 수 있을 것 같다.

성향만큼이나 식성이 잘 맞는다는 건 동거에서 아주 중요한 요소다. 둘 중 누구 하나라도 술과 육식을 즐긴다면 함께하는 즐거움을 느끼지 못해 서로 많이 아쉬웠을 텐데, 둘 다 술도 안 마시고 고기도 안 먹으니 아쉬울 게 없다. 남들이 볼 때는 무슨 낙으로 사느냐 하겠지만 매일 함께 차 마시고 맛있는 음식을 앞에 두고 수다 떨며 나름 잘 먹고 산다.

과일을 좋아하는 우리가 누리는 가장 큰 호사는 여름엔 수박, 겨울엔 딸기를 마음껏 먹는 것이다. 다른 것엔 돈을 아껴도 수박과 딸기를 사는 데에는 돈을 아끼지 않는다. 특히 수박은 둘 다 가장 좋아하는 과일이라 여름이 되면 우리 집 냉장고에 수박이 떨어지는 날이 거의 없다. 수박을 사 오면 수박 손질 전문가 어리가 한입에 먹기 좋게 직사각형으로 잘라 보관 용기에 차곡차곡 담아 냉장고에 넣어둔다. 덕분에 나는 혼자 살 땐 먹기 힘들었던 수박을 편하게 마음껏 먹을 수 있게 됐다. 나란히 앉아 시원한 수박 한 조각 베어 물면 세상을 다 가진 느낌이다. 사흘 주기로 무거운 수박을 사 오고, 손질하고, 수박 껍질을 버리는 일은 어리의 여름철 집안일 중 가장 큰 비중을 차지한다.

집에 있으면 우리는 점심과 저녁 하루에 두 번 요리한다. 가급적 가공식품보단 자연식물식 위주로 먹으려 하고, 끼니마다 국이나 찌개 같은 메인요리 하나와 반찬 한두 가지를 먹는다. 둘 다 밑반찬을 즐겨 먹는 타입은 아니어서 덮밥이나 떡볶이, 파스타 같은 단품 요리는 반찬 없이 먹기도 한다. 밥상은 소박하지만 매번 메인 요리를 새로 해 먹기 때문에 메뉴를 정하는 것이 늘 고민이다. 한 달에 하루 이틀 정도는 냉장고 정리도 할 겸 냉장고 속 재료를 다 꺼내 난해한 음식을 만들어 먹기도 한다.

나의 '소울 푸드'이자 '최애 음식'은 김밥이다. 작년에 너무나 재미있게 보았던 드라마 〈이상한 변호사 우영우〉에서 주식이 김밥인 영우는 김밥에 대한 명대사를 남겼다.

나는 이 대사가 김밥을 참 잘 표현했다고 생각했다. 한 조각씩 썰어진 김밥은 모든 내용물을 한눈에 볼 수 있으니 정직하고, 먹는 사람을 당황하게 하지 않는다. 또 재료에 따라 온갖 영양소를 골고루 섭취할 수 있는 완전식품인 데다 먹기도 간편한 완벽한 음식이다. 이렇듯 믿음직스러운 김밥이지만 직접 만들려면 재료 준비에 손이 많이 가는 음식이어서 자주 먹기는 어렵다. 식당에서 사 먹으면 간편하겠지만, 비건 채식하는 입장에서는 이야기가 달라진다. 일반 식당에서 "계란 빼고, 햄 빼고, 맛살 빼고, 어묵 빼고, 야채만 넣고 싸주세요"라고 말하면 "다 빼고 뭘 넣느냐", "그럼 무슨 맛으로 먹느냐" 하며 난감해하거나 언짢아하는 경우가 종종 있다 보니 웬만해선 사 먹지 않는다. 그래서 나는 좋아하지만 자주 영접할 수 없는 김밥을 늘 갈망해왔다.

이런 날 위해 어리는 생일이나 특별한 날, 위로가 필요한 날 같은 때마다 김밥을 싸준다. 나와 살면서 김밥을 처음 싸봤다고 하는데, 김발도 없이 뚝딱 잘 만든다. 나는 입버릇처럼 "매일 김밥만 먹고 살 수 있을 것 같아"라고 말하곤 했는데 얼마 전 그 소원을 이뤘다. 한 달 정도 시간적 여유가 생긴 어리가 질릴 때까지 김밥을 먹게 해주겠다며 갑자기 한 달 동안 김밥만 먹을 각오를 하라고 선전 포고했다. 오예! 앞으로 한 달간 날마다 생일이겠군. 마냥 신이 났다.

그렇게 우리의 '김밥으로 한 달 살기' 챌린지가 시작됐다. 어리는 매일 재료를 바꿔가며 새로운 김밥을 쌌다. 김밥과 곁들일 국도 끓였다. 끼니마다 김밥을 싸는 건 비효율적이니 점심에 김밥을 대량으로 싸서 그날 점심과 저녁에 먹었다. 평일에 먹고 남은 김밥은 통에 담아 냉동실에 보관했다가 주말에 구워 먹었다. 매일 점심과 저녁 하루 두 끼를 먹는 우리는 30일 동안 60끼의 식사 중 외부 일정으로 부득이하게 외식할 수밖에 없었던 네 번의 식사를 제외하고 56끼니를 김밥으로 알차게 원 없이 먹었다. 그리고 그날 먹은 김밥은 매일 SNS에 올려 기록도 남겼다.

김밥 챌린지를 시작할 때만 해도 "김밥이 어떻게 질릴 수가 있어?" 라며 자신만만했는데 역시 호언장담은 함부로 하는 게 아니다. 첫 일주일은 마냥 좋았다. 그러다 한 주가 더 지나니 '이젠 좀 다른 음식도 먹고 싶다'는 생각이 들었다. 그래도 김밥은 여전히 맛있었다. 또 한 주가 지나면서는 '김밥으로 한 달 살기를 한다고 누가 알아주는 것도 아닌데 이걸 왜 하고 있는 거지?' 싶었다. 그래도 마무리는 해보자 싶어 우리는 김밥으로 한 달을 꽉 채웠다. 시간이 갈수록 점점 우리가 먹는 김밥의 양은 줄어갔다. 초반에는 한 끼에 혼자 세 줄을 먹었는데 끝날 때쯤에는 한 줄밖에 먹지 못했다. 같은 음식을 두 끼 연달아 먹는 걸 싫어하는 어리에게 싫증을 잘 낸다고 타박했는데, 이번에는 어리가 나를 비웃기 시작했다.

"김밥은 절대 안 질린다며?"

동의할 수 없었다. 나는 그저 한 끼만 쉬어가고 싶었을 뿐이었다고!

"설마 내가 김밥에 질렸겠어? 고급 음식이라 조금씩 먹는 거야."

김밥 챌린지가 끝나고 당분간 김밥은 안 먹어도 되겠다 싶었는데, 우린 며칠 뒤 또 김밥을 먹었다. 며칠 건너뛰고 먹으니 더 맛있더라. 역시 나의 소울 푸드 김밥.

혼자 살 땐 밥을 먹는 행위 자체가 그저 살기 위해 어쩔 수 없이 해야만 하는 의식 같은 거였다. 한 끼 때우는 개념으로 음식을 먹었다. 식욕도 없고 요리 자체에 흥미도 없어서 15분 이내의 간단한 요리를 선호했다. 떡국은 10분이면 끓일 수 있어 몇 주 동안 집에서 떡국만 끓여 먹은 적도 있고, 그게 아니면 김밥 가게에서 야채만 넣은 김밥을 사서 먹곤 했다. 그렇게 20년 가까이 살았는데 어리와 함께 살면서 비로소 먹는 즐거움을 알게 됐다. 어리는 이런 날 의아해했다.

"이렇게 잘 먹는 사람이 옛날에는 맛없는 거 먹고 어떻게 살았어?"

어리의 음식 솜씨가 좋아 즐겁게 맛있게 함께 먹다 보니 열여섯 살 때부터 한결같았던 몸무게에 변화가 일어났다. 내가 살이 찐 건 당연한 건데 이상하게도 어리는 살이 빠졌다. 규칙적인 식사로 몸의 균형을 찾게 된 거라 말하긴 했지만, 정확한 이유를 모르겠다. 엄마가 가끔 어리를 볼 때마다 측은하고 고마운 눈빛으로 바라보는데 그거와 상관이 있는 걸까.

시간과 정성을 들인 음식을 만들어 함께 나눠 먹는다는 건 깊은 애정의 표현 같다. 식구라는 말이 가진 따뜻함. 너무나 당연하다고 생각했던 엄마의 집밥 역시도 사랑을 바탕으로 한 엄청난 희생의 결과임을 너무 늦게 깨달았다. 우리는 그렇게 살고 있다. 다정하고 따뜻한 식구로.

여성 2인조 출장 수리단

　얼마 전 혼자 화장실 변기의 시멘트 보양 작업을 했다. 2년 전이 집에 이사 올 때부터 변기 아래의 시멘트가 일부 깨져 있었는데 그 때문인지 얼마 전부터 변기가 조금씩 흔들리기 시작했다. 바닥과 변기를 잡아주는 부품을 정심이라 하는데, 이것의 오른쪽 고정 나사도 부러진 상태였다. 이왕 하는 김에 변기를 들어내 나사도 다시 끼웠다. 분리한 물통과 변기를 다시 결합한 후 수평자로 변기의 수평을 맞추고 시멘트를 발라 보양 작업을 마무리했다. 변기 설치는 처음 해봤는데 생각보다 어렵지 않아 다행히 문제없이 성공했다.

　일을 하다 보면 가끔 '힘'의 문제에 부딪힌다. 작은 키 때문에 생기는 문제는 의자나 사다리로 해결이 가능한데 무거운 건 정말 어떻게 할 수가 없다. 기술적으로 간단하게 해결할 수 있는 일임에도 물리적인 힘이 없어서 못 할 때는 화가 나기도 한다. 무슨 일이든 체력은 필수다. 변기 수리도 혼자 하고 싶었는데 무거운 도기를 혼자 들지 못해 바쁜 어리를 호출했다. 어리는 나보다 힘이 세다. 그래서 둘이 힘을 합하면 어지간한 문제는 다 해결이 가능하다. 전문적인 기술이나 지식을 요구하는 작업을 제외하고는 간단한 수리나 환풍기 교체 정도의 집안일은 직접 한다.

　가끔 출장도 간다. 출장 의뢰가 들어오면 어리와 나는 장비를 챙기고 2인조 출장 수리단이 돼 일손이 필요한 곳으로 향한다. 가장 잦은 출장지는 부모님 댁이다. 어리와 내 어머니 두 분 다 단독주택에 혼자 사시기 때문에 손볼 곳이 자꾸 생긴다. 우리는 살림살이도 정리하고, 가구도 옮기고, 전등도 교체하고, 페인트칠도 하고, 집 구석구석을 살펴 보수하고 온다. 재미있는 건 어리네나 우리 집이나 집 안에 필요한 일이 생기면 막내딸이 해결한다는 거다. 휴대폰이 망가져도, 물건이 고장 나도, 집에 문제가 생겨도 양가 엄마들은 아들이 아닌 딸에게 전화하신다. 각자 본가에 방문하는 건 같은데 어째서인지 우리에게 보이는 집안의 할 일들이 우리네 오빠들 눈에는 보이지 않나 보다. 엄마가 생활에 불편을 겪는 요소들이 왜 딸의 눈에만 띄는 걸까. 늘 많이 관찰하고 예민한 사람이 더 피곤하게 사는 법이다.

나의 절친 '백'이 새로운 지역에 발령받아 이사했을 때도 우리는 출장을 떠났다. 낯선 곳에서 새롭게 시작하는 친구를 응원하고 집도 새로 단장해줄 겸 우리는 왕복 440km를 달렸다. 친구 집은 오래된 아파트라 손볼 곳이 많았다. 우선 낡은 형광등을 모두 LED 등으로 교체했다. 방문과 현관문 손잡이는 물론이고, 화장실의 낡은 선반과 녹이 슨 수건걸이, 수도꼭지도 모두 새것으로 바꿔 달았다. 주방 싱크대엔 직수형 언더싱크 정수기를 설치했다. 옥색 페인트칠에다 어린이 맞춤형 시트지가 덕지덕지 붙여진 현관문도 손봤다. 불필요한 보조키를 떼어내고 구멍을 메꾼 후 깨끗하게 시트지 작업을 했다. 마지막으로 동선에 맞게 가구들을 다시 배치하고, 방마다 커튼도 설치했다. 2박 3일간 일만 하는 우리를 넋 놓고 바라보던 백은 달라진 집의 모습에 매우 만족해했다. 기뻐하는 고객님 반응에 우리도 덩달아 흐뭇했다.

친구네 집으로 떠난 출장 여행을 SNS에 올렸더니 동네 친구로부터 수리 의뢰가 들어왔다. 친구가 운영하는 상점 유리문에 설치한 도어록이 문틀 구멍과 어긋나 문을 잠그기가 어렵다고 했다. 그렇게 방치한 지가 벌써 수개월째란다. 어리가 퇴근한 후 함께 친구네 상점으로 출동했다. 유리문의 도어록을 분해해 살펴보니 유리문과 도어록을 고정해주는 내부 실리콘이 헐거워진 탓에 도어록의 위치가 달라져 생긴 문제였다. 도어록을 조금 손보는 김에 내려앉은 유리문의 수평도 바르게 잡아줬다. 대가를 바라고 한 건 아니었는데 친구는 고맙다며 우리에게 감사의 선물까지 보내줬다.

난 어릴 적부터 뭐든 직접 하는 걸 좋아했다. 가전제품이 고장 나면 뜯어봐야 직성이 풀렸고, 물건이나 집에 문제가 생기면 직접 해결하고 싶어 했다. 초등학생 때는 고칠 물건도 없으면서 동네 전파사 앞을 기웃거렸고, 딱히 살 것도 없으면서 철물점에 갔다. 그땐 문방구 쇼핑만큼이나 그곳들을 둘러보는 것이 너무 재미있었다. 내 손으로 직접 물건을 고치고 문제를 해결하면 뿌듯함도 크지만 원리를 알아가는 재미가 있다. 전자제품이 고장 나 서비스센터에서 수리받아도 수리 기사님께 고장의 원인이 무엇이고 어떤 방법으로 고치는지 상세히 물어보고, 수리 과정을 직접 확인하는 편이다. 전문가에게 맡긴다 하더라도 고장의 원인과 수리의 과정을 알아두면 나중에 같은 문제가 발생했을 때 대처할 수 있기 때문이다. 20년 가까이 혼자 전월세 집에 살면서 최대한 돈을 들이지 않고 내 마음에 들게 조금씩 손보고 집을 가꾸며 살다 보니 경험이 쌓이면서 생활의 지혜도 차곡차곡 쌓였다.

어리는 최소한의 물건만 소유하는 '미니멀리스트' 그 자체다. 고등학생 때 기숙사 생활을 시작해 단출한 짐만으로 생활했고, 언니와 살 때나 혼자 살 때도 거의 짐 없이 생활했다고 한다. 소유한 게 없다 보니 물건 고칠 일도 없고, 물건에 대한 애착도 없다. 집 꾸미기에도 관심이 없어서 주어진 그대로 살았단다. 그러다 이 지역에 오게 됐는데, 이직한 직장에서 공구 다룰 일이 많아지자 어리는 자기도 모르고 있던 재능을 발견했다. 목공에 흥미를 느낀 어리는 뚝딱뚝딱 책상도 만들고, 책장도 만들고, 밥상도 만들며 썰렁했던 집에 살림살이를 채워 넣기 시작했다. 나와 함께 살면서는 힘이 약한 나를 대신해 이런저런 일을 하다 보니 지금은 나보다도 손재주가 좋다. 덕분에 나는 옆에서 "잘한다, 잘한다" 칭찬하며 말로만 일하는 작업반장으로 승진했다. 똘똘한 어리는 내 응원에 힘입어 뭐든지 척척 해낸다.

　물론 우리가 전문가는 아니다. 처음 도전하는 분야는 수리하기 전에 먼저 유튜브에서 수리 방법을 검색하며 준비한다. 시골에서는 집에 문제가 생겼을 때 도시에서처럼 기술자가 바로 와서 고쳐줄 수 있는 게 아니기 때문에 웬만한 건 직접 할 줄 아는 게 좋다. 처음 시골 마을에 살면서 1년간 시골살이에 필요할 것 같은 여러 종합적인 기술 교육을 받은 것도 그 때문이다. 언젠가 우리가 숲속에 집을 짓고 살 때가 오면 이런 경험이 다 도움이 될 거라고 생각한다.

　처음 시골 마을에 이사하고 며칠 뒤의 일이다. 도울 일 없냐며 동네분이 집에 찾아오신 적이 있다. 딱히 도움이 필요하지 않았지만, 자꾸 일거리를 찾으시기에 거절하기도 죄송해 마침 빨랫줄을 만들려던 참이라고 했다. 그분은 "여자들은 일머리가 없어서 잘 못하니 내가 해주겠다"라며 일을 시작하셨다. 군말 없이 가만히 물러나 작업을 지켜봤다. 큰 나무와 집 기둥에 줄을 묶기만 하면 되는 간단한 일이었는데, 그분은 한참을 걸려 완성한 후 매우 뿌듯해했다. 내가 보기엔 마무리도 엉망이고, 모양새도 엉성했는데 말이다. 그러고 나서 한동안 생색내셨다. 그분이 보람을 느끼셨으니 그걸로 됐다.

　종종 그런 사람들이 있다. 으레 '여자는 이런 거 못해' 하며 단정 짓는다. 어릴 땐 "그건 성별 차이가 아니라 성향 차이"라고 반박

하거나 "나도 할 수 있다"라며 거절했지만, 언젠가부터 본인이 너무 해주고 싶어 하면 그냥 한발 물러선다. 그렇게 하는 것이 저분의 기쁨이려니 하고. 덕분에 나도 귀찮은 일을 안 해도 되니 고맙게 생각한다.

해보지 않은 것에 처음 도전할 땐 누구나 지레 겁부터 먹는다. 그런데 막상 해보면 별거 아닐 때가 많다. 안 해본 것일 뿐 못하는 것이 아니다. 공구를 다루고 물건을 수리할 때도 마찬가지다. 사람마다 재능이 다르고 관심 분야가 다르기 때문에 모두가 새로운 일에 도전할 필요는 없지만, 해보고 싶다면 겁먹지 말고 일단 가벼운 마음으로 시도해보기를 추천한다. 수리 방법은 인터넷만 검색하면 대부분 찾을 수 있다. 하다가 안 되면 전문가를 부르면 된다. 이러한 성공과 실패의 경험치가 모두 쌓이면 나중에 엄청난 자산이 될 것이라 믿는다.

여성에 의한, 여성을 위한 '여성 2인조 출장 수리단'은 오늘도 대기 중이다. 사업 확장은 무리니 가까운 지인에 한해서만. 출장비는 오직 고객님의 만족스러운 웃음이면 족하다.

비주류 중에서도 비주류

소소하지만 편안한 일상에서 나는 삶의 안정을 찾았다. 같이 늙어가는 것을 고민하고 서로의 안부를 궁금해하는 사람들이 곁에 있다는 것은 큰 위로가 된다. 이제껏 내가 사람들과 어울리는 걸 좋아하지 않는다고, 스스로를 혼자 있어야 편안하고 혼자 노는 걸 좋아하는 사람이라고 생각했는데 그게 아니었다. 좋은 사람들과 어울리며 살다 보니 그 자체로 평화롭고 행복하다. 이건 시골에 살기 전에는 몰랐던 사실이다.

귀농·귀촌인이 많은 이 지역에는 가족의 형태도, 나이도, 성향도, 하는 일도 다양한 사람들이 산다. 나는 이곳에 와서 각자의 선택과 성향을 존중해주는 좋은 '어른'들을 만났다. 청년들을 집으로 불러 따뜻한 밥상을 차려주시는 분도 계시고, 자신의 재능을 아낌없이 나눠주시는 분도 계신다. 진심 어린 조언을 해주는, 나보다 10여 년 먼저 삶을 경험한 비혼 여성분들도 계신다. 막막하기만 했던 앞길을 먼저 걸어간 분들이 가까이 있어 참 든든하다. 내가 이곳에 오기로 마음먹게 해준 친구 부부를 포함해 여러 좋은 사람들 덕분에 이곳에서 벌써 7년째 살고 있다.

평화롭고 살기 좋은 시골에 살면서도 불편한 점은 있다. 바로 고양이를 만나는 일이다. 나는 알레르기 때문에 털과 먼지에 예민하고 조심스럽다. 강아지가 나오는 영상을 찾아서 볼 만큼 강아지를 좋아하지만 실제로 내 옆에 오는 건 무섭다. 특히나 고양이는 공포스럽기까지 하다. 옆에 있으면 눈과 코가 가렵고 목이 조이는 느낌이 든다. 고양이 때문에 여러 번 몸이 괴로운 경험을 해서인지 3m 반경에 고양이가 보이기만 해도 온 신경이 곤두서고 생각이 마비된다. 그래서 고양이가 곁에 오는 걸 극도로 싫어하는 나는 고양이가 있는 공간은 가지 못한다. 그렇게 고양이와 거리를 두며 그저 너는 너대로 나는 나대로 잘 살길 바랄 뿐이다.

　도시에서는 사람을 만날 때 주로 카페나 밖에서 만나지만 시골에서는 집에서 만나는 경우가 많다. 그래서 가끔 난감할 때가 있다. 주변 지인 중에는 집에서 반려동물을 키우거나, 자신이 머무는 곳에서 길고양이에게 밥을 챙겨주고 살뜰히 보살펴주는 따뜻한 사람들이 많다. 누군가에겐 고양이가 소중한 가족일 수 있는데, 내가 멈칫하고 피할 때마다 함께 있는 사람들이 불편하게 느낄까 봐 늘 조심스럽고 미안하다. 그래서 반려동물과 함께 사는 사람의 집에는 가지 않는다. 주로 어울리게 되는 귀농·귀촌인이나 채식하는 사람들 대부분이 동물을 사랑하는데, 그 사이에서 홀로 거리 두기를 하는 나만 유별난 사람이 된 것 같다.

　보수적인 시각에서 보면 나는 비주류 중에서도 비주류다. 도시가 아닌 시골에 살고, 결혼하지 않았고, 아이를 낳지 않은 40대 여성이며, 비건 채식을 하고, 예민한 성격을 지녔다. 큰 동그라미 안에 작은 동그라미로, 더 작은 동그라미로 한없이 작아진다. 어딜 가도 쉽게 섞이기 힘든 부류의 사람이 됐다. 이제 도시에 사는 사람과는 잘 만나지 않으며, 배우자와 자식 이야기를 하는 사람과의 대화는 재미없고, 채식하지 않는 사람과는 밥을 잘 먹지 않는 데다, 채식인의 상당수인 고양이를 사랑하는 사람과도 어울리기 어렵다. 나이가 드니 점점 더 나만의 기준이 확고해지고, 기준에 맞지 않는 사람들에게는 벽을 세워 그들과 나를 더 분리하는 것 같다. 나의 이런 태도에 문제가 있다는 생각이 들다가도 크게 불편함을 느끼지 못하다 보니 그 벽이 점점 높아지는 느낌이다. 나이가 들면 점점 친구가 줄어든다는데, 어리를 포함해 아직 내 옆에 남아 있는 고마운 친구들에게라도 좀 더 잘해야겠다.

집이
바뀌니

삶에
여유가 생겼다

새집에서 누리는 평온한 일상

어리와 함께 살며 서로에게 익숙해지는 동안 세상은 코로나19로 어수선해졌다. 우리는 이사를 고민했다. 둘 다 '자발적 집순이'로 사는 걸 좋아하지만, 코로나바이러스로 밖에 나가는 것이 극도로 조심스러워지면서 좁은 집에서 오래 시간을 보내다 보니 집이 답답하게 느껴졌다. 방 두 개에 좁은 거실, 주방이 있는 15평 정도의 빌라에서 살고 있었지만, 작은방은 옷과 짐을 보관하는 용도로 쓰고 있어 실질적으로는 안방과 거실만 사용했다. 집에서의 더 안락한 휴식을 위해 우리는 거실이 넓은 집으로 옮기기로 했다. 그리고 그 이듬해 전세 계약이 끝나면서 우리는 드디어 마음에 드는 집을 구해 이사했다.

현재 살고 있는 우리의 두 번째 보금자리는 첫 번째 집에서 그리 멀지 않은 아파트로, 방 세 개와 우리가 원하는 넓은 거실을 갖추고 있다. 두 식구가 살기엔 좀 큰 게 아닌가 싶은 생각도 들지만 쾌적하고 여유 있게 살고 싶었다. 덕분에 침실을 제외하고도 각자의 방과 각자의 화장실이 생겼다. 각자의 방에 침대를 두지 않고 별도의 침실을 함께 사용하는 건 여러모로 효율적이다. 생활공간과 잠자는 공간을 분리할 수 있고, 여름철 에어컨과 겨울철 보일러도 한 공간만 틀면 되니 생활비도 절약할 수 있기 때문이다. 이제 우린 각자의 공간에서 각자의 일을 하다가 쉬거나 운동할 땐 거실에서, 잘 때가 되면 침실에서 만난다.

여유로워진 공간만큼 새로운 살림살이도 늘어났다. 비움과 여백의 미를 사랑하던 우리였는데, 넓어진 공간을 만나니 그동안 좁은 집에 둘 수 없어 구입을 망설인 덩치 큰 가구들을 들이게 됐다. 책상 겸 식탁으로 오래 쓴 저렴한 테이블은 내보내고, 세라믹 상판의 원목 식탁과 각자 사용할 넓은 책상 두 개를 구입했다. 침실에도 원목 싱글침대 두 개를 들였다. 시간적 여유로움을 위해 로봇청소기도 들였다. 하지만 역시 청소는 손맛이다. 사람이 해야 구석구석 깨끗하다. 로봇청소기는 무선 청소기가 닿지 않는 침대 아래와 소파 아래를 청소하는 용도로만 사용하고 있다.

살림살이 중 가장 잘 산 물건을 꼽으라면 식기세척기가 단연 1위다. 식기세척기는 우리에게 저녁이 있는 삶을 선물했다. 설거지 담당인 어리는 꼼꼼하게 설거지하다 보니 치우는 시간이 오래 걸렸다. 그래서 요리와 설거지를 끝마치고 나면 오랫동안 서 있어서 늘 피곤해했다. 설거지는 꽤 오랫동안 우리의 갈등 요소였다. 힘들면 내가 하겠다고 해도 어리는 툴툴거리면서도 끝까지 본인이 하겠다며 설거지하곤 했다. 식기세척기를 사겠다고 했지만 싫다고 하고, 도와주겠다고 해도 싫다고 하면 도대체 어쩌라는 건지…… . 설거짓거리가 많은 날이면 잔뜩 찌푸린 채로 설거지하는 어리를 보며 나는 너무나 불편했다. 이런 상황이 자꾸 반복되기에 그냥 식기세척기를 사버렸다. 식기세척기의 성능을 의심하며 돈 아까우니 절대 사지 말라던 어리는 이제 티스푼 하나도 손 설거지를 하지 않는다. 이러다 모자도 넣을 기세다. 어리는 식기세척기에 전적으로 의지하며 예찬론자가 됐다. 이사 후 계속 과한 소비를 하는 건 아닌가 싶기도 했지만, 다른 것에 사용할 돈을 아껴 시간과 마음의 여유로움을 위해 투자한 것이니 잘한 소비라 생각한다. 10년 이상 사용할 것을 기대하면서.

어쩌다 보니 우리에게 TV도 생겼다. 그동안 둘 다 TV 없이 쭉 살아왔는데, 전 집주인이 일 때문에 이곳에서 사시다가 정년퇴직하시고 본가로 들어가면서 에어컨, 대형 냉장고와 함께 대형 TV를 두고 가셨다. 처음엔 관심이 없어서 방치했다가 친구 부부가 이사 선물로 크롬캐스트를 선물해준 덕에 우리는 주말이면 아이패드와 TV를 연결해 넷플릭스를 봤다.

우리는 함께 영화나 드라마를 보면 쓸데없는 부분에 꽂힌다. 혼자선 조용히 보다가도 둘이 같이 볼 때면 꼭 잔소리하고 싶어 TV를 보는 사람들처럼 옥에 티를 찾아내고 내용에 딴지를 건다. 그렇게 온갖 참견을 다 하고 그게 또 재미있다며 낄낄거린다. 이렇게 우리에게 즐거움을 주던 TV가 1년 만에 메인보드 고장으로 화면이 나오지 않자, 재미를 잃어버린 우리는 결국 새로운 TV를 샀다. 10년 된 TV

를 고치기엔 수리비가 너무 비쌌기 때문이다. 영화를 자주 보진 않지만, 큰 화면으로 보면 아이패드로 볼 때보다 더 참견할 맛이 난다. 확실히 우리는 좀 이상한 것 같다.

새로 들인 가구와 가전으로 덩치 큰 살림살이가 많아졌지만, 살림살이는 크게 늘지 않았다. 함께 살기 시작하면서부터 우리가 정한 규칙 중 하나는 집에 물건 하나를 들이면 기존 물건 하나를 내보내는 것이다. 나는 원래부터 안 쓰는 물건을 집에 두는 것을 싫어한다. 그래서 주기적으로 물건 다이어트를 한다. 우리는 식료품이나 생필품을 제외하고 집 안에 필요한 물건을 살 때마다 상대방에게 결재받기로 했다. 그 과정에서 구입하려는 물건이 꼭 필요한 물건인지를 한 번 더 생각한다.

나는 쇼핑을 할 때 여러 조건을 꼼꼼히 비교 분석하며 사는 편이다. 시간 낭비 같은 그 행위를 거치면 내 옆에 오래 남을 물건을 찾을 수 있다. 구입한 물건이 마음에 들지 않으면 마음에 드는 물건을 찾을 때까지 몇 번이고 비슷한 물건을 계속 사기도 한다. 그러다 내게 딱 맞는 물건을 갖게 되면 그 물건이 수명을 다할 때까지 사용하는 편이다. 시간을 금이라 여기는 어리가 볼 때 그런 나는 금(=시간)을 펑펑 쓰는 사람이다. 어리 입장에서 내 시간을 아끼게 하려면 물건 사는 거 자체를 자제시켜야 하므로 결재를 깐깐하게 해주곤 한다. 그렇게 우리 집의 균형이 유지되고 있다.

물리적인 공간에 여유가 생기니 정신적인 여유도 생겼다. 시골이다 보니 인근에 고층 건물이 없어 창문 너머의 '밭 뷰'를 감상하며 멍때리기 좋다. 집 밖을 나가지 않아도 탁 트인 창밖 풍경을 보고 있으면 절로 마음이 고요해진다. 덕분에 창밖을 보며 차를 더 자주 마시게 되고 생각하는 시간도 더 늘어났다. 삶이 여유로워지니 내면에 집중할 수 있는 시간이 많아져 감사한 시간을 보내고 있다. 내가 지금 무엇을 느끼는지 가만히 살펴보면서 나를 깊이 들여다보는 연습을 많이 하는데, 그러다 보면 어느 순간 기억 저편에 숨어 있었던 과거의 내 모습들이 문득 떠올라 부끄러워질 때도 있다. 전에는 가끔 어리와 부딪치는 일이 있었지만, 이곳에서는 그런 적이 거의 없다. 예민함이 다듬어지고 또 다듬어져 조금은 둥글둥글해졌을지도 모르겠다. 넓어진 거실에서는 여유 있게 각자의 요가 매트를 깔고 요가도 한다. 첫 번째 집에선 엄두를 내지 못했던 일이다.

전 집주인이 가전제품과 함께 두고 간 몇 개의 화분은 나를 본격적인 식물 집사의 길로 들어서게 했다. 원래 식물을 가꾸는 걸 좋아하긴 했지만, 볕이 잘 드는 창가에서 잘 자라는 식물들을 보니 더 애정이 생겼다. 집주인이 두고 가신 화분들에 내가 기존에 키우던 몇 개의 화분과 농장에서 새로 구입한 것들을 더하니 자연스럽게 창가 주변엔 화분이 가득 자리를 차지하게 됐다. 애정을 쏟는 만큼 식물들은 쑥쑥 잘 자랐고, 계속해서 가지치기와 포기나누기를 하면서 화분은 점점 증식했다. 나는 더 부지런해질 수밖에 없었다. 그러다 어느 순간부터는 매번 모든 화분을 들고 화장실에 가 물을 주는 것이 버거워져 결국 주변에 화분 나눔을 하면서 개체수를 조절하고 있다. 역시 뭐든 적당한 게 좋다.

다양한 종류의 식물을 키우는 나와 달리 어리는 이끼만 키운다. 이끼 덕후인 어리를 위해 원목 선반 장을 구입해 한쪽 벽에 별도의 '이끼 존'을 만들어줬다. 그곳에 둘이 함께 몇 차례 테라리움 교육에 참여해 만든 유리 화분들을 놓아두고, 어리는 매일 아침 그 앞에서 다양한 종류의 이끼와 고사리에 물을 분무하며 정성으로 돌보고 있다. 둘 다 식물 집사이지만 선호하는 식물이 다르다 보니 우리는 각자의 식물을 돌보며 즐거워할 뿐 서로의 식물엔 간섭하지 않는다. 모든 것을 함께하려 했던 동거 초반과 달리 우리는 어느 순간부터 함께하되 서로의 취향과 속도를 존중하며 일상을 나누고 있다.

'집'은 단순히 머무는 곳, 살고 있는 공간 그 이상의 의미를 지닌다. 나에게 따뜻하고 편안한 기운을 북돋아 에너지를 충전해주기도 하고, 나를 더 나다울 수 있게 만들어주기도 한다. 또 함께 사는 이와의 관계를 더 나아지게 하기도 한다. 그래서 언젠가 내가 더 나다울 수 있는 숲속에 우리의 취향이 반영된 집을 짓고 사는 꿈을 꾼다. 그 꿈을 향해 준비해가고 있는 지금 이 순간, 이 집에 편안하게 머무를 수 있음에 그저 감사하다.

생애 첫 주택으로 시골 아파트를 사다

전월세만 전전하던 우리에게 진짜 우리 집이 생겼다. 지금 살고 있는 아파트의 전세 만기가 다가오자 우리는 이 집을 덜컥 사버렸다. 공동 명의로 집을 계약하고 등기 절차를 마쳐 이 집은 진짜 '우리 집'이 됐다. 집을 소유하는 건 나도 어리도 처음이었다. 우리가 아파트를 사다니. 아파트에 거주하는 건 여러모로 편리했지만 그래도 아파트를 매입하고 싶진 않았다. 하지만 우리가 꿈에 그리는 숲속의 집을 마련하기에는 아직 때가 아니므로 결정을 내려야 했다. 원하는 집을 마련하기 전까지 앞으로 5년 정도의 준비 기간을 갖기로 했기에, 그동안 이사 걱정 없이 마음 편히 살 집이 필요했다. 그러기에 이 집은 나쁘지 않았다. 사실 새로운 집을 알아보고 이사하는 과정이 너무 귀찮기도 했다. 집을 샀다고 해서 기분이 날아갈 듯 좋거나 특별한 감흥은 없었다. 새로운 집을 구입해 그곳으로 이사했다면 집을 샀다는 느낌이 확 와닿았겠지만, 2년째 살고 있는 집의 소유권이 우리로 변경됐을 뿐 달라진 건 없기 때문이다.

집주인은 우리가 처음 전세 계약을 했던 순간부터 집을 팔고 싶어 했다. 당시 매매가 쉽지 않아 우리에게 전세 임대를 했던 것인데, 만기 10개월 전 집주인으로부터 집을 팔겠노라고 연락이 왔다. 되도록 전세 계약을 연장해서 살고 싶었지만 사정이 여의찮으니 우리가 사겠다고 말씀드렸다. 전세 만기일 즈음, 때마침 전국의 부동산 가격이 폭락하기 시작했다. 이런 시기에 아파트를 구입해도 괜찮은 걸까 싶었지만, 우리는 큰 고민 없이 이 집을 계약했다.

같은 단지에 훨씬 저렴한 집이 몇 채 매물로 나온 것을 봤지만 우리는 시세보다 비싼 가격에 이 집을 샀다. 집주인이 가격을 더 내리고 싶지 않아 했고, 우리도 굳이 더 깎지 않았다. 나는 우리 집이 마음에 들었다. 이 집에 이사 와서 여유가 생겼고 마음이 많이 편안해졌다. 이 집에서의 평온했던 2년이 그 차액 이상의 가치를 한다고 생각했다. 이사에 따르는 돈과 시간, 노동력도 아까웠다. 2년 전에 집주인이 두고 간, 거의 새것인 에어컨과 냉장고도 잘 쓰고 있었기에 크게 손해 보는 느낌이 들지 않기도 했다. 이렇게 우리는 약간의 속 쓰림을 합리화했다.

내가 계속 서울에 혼자 살고 있었더라면 과연 나는 집을 살 수 있었을까? 성인이 되기 전까지 단 한 번의 이사 경험도 없던 나는 20대 초반에 독립해 40대 중반에 접어들기까지 무주택자로 살며 옥탑방, 다가구주택의 원룸, 다세대주택의 투룸, 아파트, 오피스텔, 상가주택 등 다양한 주거 형태를 경험했다. 당시 부모에게서 독립해 혼자 사는 내 주변의 20~30대를 보면 대부분 임대주택에 살았기에 나 역시 무주택자로 사는 것이 아무렇지 않았다.

나는 내 집 마련의 꿈이 없었다. 20년간 무주택자로 살면서 집

없는 설움을 크게 느끼지도 않았다. 굳이 집을 소유해야 한다는 개념도 없었고, 한곳에서 오래 살고 싶은 마음도 없었다. 이상한 집주인을 만나 황당한 일을 겪어도 그건 그 사람이 이상해서 생긴 문제지, 내가 집이 없어서 겪는 설움이라고 여기지 않았다. 애초에 내 소유의 집에서 살고 있었다면 일어나지 않았을 문제이긴 했지만, 살다 보면 어디에나 이상한 사람은 있는 법이니까. 친구는 이런 내게 "집주인이 갑이 아니라 네가 멘탈 갑"이라고 했다. 물론 계약 기간이 만료되고 부동산에 집을 구하러 다닐 때마다 내가 가진 돈이 정말 없다는 사실을 절감했다. 2년마다 보증금은 계속 올랐고, 내 돈은 늘지 않았다. 그래도 괜찮았다. 다행히 운이 좋아 매번 금액 대비 나쁘지 않은 집을 구해 나름대로 잘 살았다.

내가 만약 그때 대출을 받아서 서울에 집을 샀더라면 어땠을까. 주거 안정을 느끼며 편하게 살았을까? 그동안 내 월세만 모아도 20년 전 서울에 원룸 아파트 정도는 살 수 있었을 텐데. 20년 전보다 집값이 많이 올랐으니 어쩌면 지금 더 경제적으로 여유롭게 살고 있을지도 모른다. 하지만 불과 몇 년 전까지도 나는 대출이라는 건 꿈도 꾸지 않았다. 어릴 때부터 엄마로부터 "절대 남에게 빚지고 살지 말아라", "대출은 절대 하지 말아라" 소리를 귀에 딱지가 앉도록 들어 '대출=빚=나쁜 거'라는 인식이 있었다. 그래서 대출을 받아 내 집을 마련하기는커녕 전셋집 구하는 것조차 생각해보지 않았다. 전셋집도 이 지역에 와서야 처음 마련했다.

다른 이유도 있다. 나는 언젠가 서울을 떠날 사람이므로 이곳에 내 소유의 집이 없어도 괜찮다는 생각을 늘 품고 있었다. 어서 이정신없고 답답한 도시를 떠나 나에게 맞는 곳에서 나의 속도로 살고 싶었다. 그래서 집을 소유하면 족쇄가 될 것이라 여겼다. 젊기도했고, 그곳 생활에 미련도 없으니 계약 기간만큼 살다가 끝나면 또다시 새로운 계약을 하면서 유목민처럼 살았다. 마흔 넘어서의 시골살이를 꿈꾸며.

그러나 시골에서의 집은 도시에서의 집과 그 의미가 달랐다. 내가 첫 번째 시골살이를 했던 두메산골에서 자기 소유의 집을 가지지 않은 사람은 나를 포함해 귀농인 한둘뿐이었다. 허름하고 오래된 집이라도 모두 자기 집이 있었다. 시골에서 무주택자로 살면서 처음으로 주거 불안을 느꼈다. 당장 내일이라도 마을을 떠나야할지도 모른다는 걱정이 늘 함께했다. 마을 어른들도 집 없는 나를곧 떠날 외지인으로 인식하는 듯했다. 그곳에서 난 처음으로 내 집을 소유해야겠다고 생각했다.

환경이 바뀌어서인지, 나이가 들어서인지, 아니면 가족이 생겨서인지 잘 모르겠다. 전에는 굳이 젊어서부터 내 집을 소유할 필요는 없다고, 자가든 영구 임대든 어떤 형태의 집에서든지 노후에이사 걱정 없이 살 수 있기만 하면 된다는 생각이었다. 마흔이 넘은 지금은 다만 몇 년을 살더라도 마음 편히 살 수 있는 내 집을 가지는 것도 괜찮다는 생각이 든다. 나이가 들수록 변화를 두려워하고 안정을 추구한다더니, 그래서 그런가. 집을 산다는 건 돈으로 여유를 사는 것 같다. 마음의 여유, 평화에 좀 더 가까이 다가가기 위해 비용을 지불하는 것. 그래서 어리와 나는 그동안 외면해왔던 돈을 더 열심히 모으기로 했다. 우리의 더 큰 평화를 위해. 그리고 주위를 더 잘 돌보기 위해.

공동명의 부동산을 '셀프 등기' 하기

계약일 저녁, 집주인 부부가 계약을 위해 우리 집으로 오셨다. 계약서를 쓰고 집주인으로부터 등기에 필요한 서류를 건네받았다. 어리와 나는 처음 집을 소유하게 된 것을 기념하기 위해 부동산 소유권 이전 등기를 직접 신청했다.

준비 서류

• 매도인 : 매도용 인감증명서, 등기권리증, 주민등록초본(주소 변동사항 포함), 인감도장.

• 매수인 : 위임장(매도인 인감 날인), 부동산거래계약신고서(매도인 도장 날인) / 부동산매매계약서, 토지대장등본(대지권등록부 포함), 집합건축물대장등본(전유부 포함), 주민등록등본(주민번호 표시) 각각 2부, 가족관계증명서(상세) 각각 1부, 부동산거래계약신고필증 2부, 소유권이전등기신청서, 신분증, 도장.

Tip. 위임장은 잘못 기입할 경우를 대비해 세 장 정도 넉넉히 받아둘 것을 추천.

모든 업무는 온라인이 아닌 관공서를 직접 방문해 처리했다. 먼저 군청 민원실에 들러 부동산거래계약신고서를 작성하고 신분증과 함께 제출해 신고필증을 받았다(직거래로 매매계약을 하는 게 아니라면 부동산 거래 신고는 부동산중개업소에서 하므로 바로 신고필증만 받으면 된다). 이후 취득세 신고서를 작성해 주민등록등본, 가족관계증명서, 매매계약서, 부동산거래계약신고필증을 함께 제출해 취득세를 납부했다. 둘 다 이 집이 생애 최초 주택이라 별도의 감면신청서를 작성하고 취득세를 감면받았다.

이후 등기소에 방문했다. 등기소 내에 있는 농협에서 등기신청 수수료를 납부하고, 정부수입인지와 국민주택채권을 구입했다. 모두 현금 납부만 가능하다. 채권은 당장 목돈이 들어가는 게 부담이 돼 조금 아깝긴 해도 15% 정도 할인율로 구입 즉시 매도했다. 우체국에 들러 등기권리증을 우편으로 받을 우표와 봉투도 구입했다. 다음으로 소유권이전등기 신청서를 작성해 위임장과 등기권리증, 매도용 인감증명서, 매도인 주민등록초본, 부동산매매계약서, 토지대장등본(대지권등록부 포함), 집합건축물대장등본(전유부 포함), 부동산거래계약신고필증, 주민등록등본(주민등록번호 표시), 각종 납부영수증을 첨부해 등기소 민원 창구에 제출했다.

위임장과 소유권 이전등기신청서에 '부동산의 표시' 부분을 작성할 때는 주의해야 한다. 아파트의 경우 적어야 할 내용도 많고 작성 칸도 작아 이 부분 작성이 쉽지 않기 때문이다. 우리는 다행히 민원실 담당자가 별지에 주소를 출력해준 덕분에 신청서에 '별지와 같음'이라고만 적어 제출할 수 있었다. 이외에도 작성하다 궁금한 것은 담당자에게 물어보며 등기 신청을 무사히 완료했다. 사흘 후 등기 처리가 완료됐고, 드디어 우리에게도 공동명의의 집이 생겼다.

피보다 진한
법적 가족 만들기

4장

기대와
서운함 없는

'아름다운
거리'

적당히 다정하고 적당히 가까운 관계

"나는 원가족이 친척 같고 서란이 진짜 가족 같아."

언젠가 어리가 이런 말을 한 적이 있다. 나이 차이가 많이 나는 오빠, 언니가 있는 막둥이 어리는 고등학교에 입학하면서부터 기숙사 생활을 시작해 가족과 함께한 시간이 많지 않았다. 그래서인지 가족과 데면데면한 편이다. 어리의 어머니는 시골에서 워낙 바쁘게 지내시기도 하고, 표현을 잘 안 하시는 분이라 특별한 용건이 없으면 몇 달이 지나도록 자식들에게 연락을 안 하신다. 심지어 20년 가까이 타지에 사는 어리의 집에도 그동안 두 번 방문하셨다고 한다. 가족끼리 너무 무관심한 거 아닌가 싶기도 하지만, 집안 분위기 자체가 서로 적당한 거리를 유지하며 각자 알아서 잘 지낸다.

어리는 몇 년 전 아버지가 돌아가신 후로 혼자 계신 어머니를 챙기고 있다. 지금은 자주 통화하고 한두 달에 한 번 정도 본가에 가고 있지만, 아버지가 살아계실 때는 연락도 거의 안 하고 명절에나 집에 갔다고 한다. 몇 달 만에 집에 가도 어리의 어머니는 처음에만 반겨주시고 무심하게 다시 하시던 일을 계속하신다. 결혼해 자녀들이 있는 오빠네와 언니네가 본가에 갈 때와 달리 혼자인 어리가 가면 어머니는 신경을 덜 쓰시는 편이다. 어리 역시 그걸 아무렇지 않게 받아들이고 서운해하지 않는다. 이런 모습이 나에겐 꽤 신선한 충격이었다. 이렇게 세상 쿨한 모녀 사이라니.

반면, 나의 엄마는 날 온실 속 화초로 키우고 싶어 했다. 딸을 자신의 분신이라 생각하며 모든 것을 아낌없이 줬다. 나는 엄마에게 과분한 사랑을 받았다. 엄마는 때마다 택배로 반찬을 보내는 것도 모자라 두세 달에 한 번씩 내가 사는 집에 음식을 바리바리 싸들고 왔다. 엄마에겐 자식을 챙기는 그 행위가 당연한 거였고, 사랑 표현이었다. 엄마가 해준 반찬이 가득 찬 냉장고를 볼 때면 난 든든한 마음보다 '저걸 언제 또 다 비우나' 하는 마음이 먼저 들었다. 엄마는 내게 주는 만큼 내 모든 것을 알고 싶어 했다. 그러나 내가 하려는 일에 항상 걱정부터 하는 엄마에게 나는 모든 일을 다 결정하고 나서야 통보해 엄마를 서운하게 했다.

엄마는 내가 자라는 동안, 나를 낳고 싶지 않았는데 오빠가 너무 외로워해서 낳았다는 말을 수도 없이 했다. 물론 그 말 뒤에는 항상 "그때 만약 너를 안 낳았으면 어쩔 뻔했니"가 따라붙었다. 엄마는 늙으면 딸은 꼭 있는 게 좋다고, 딸이 있으면 친구가 된다며 내게도 딸이 있으면 좋겠다고 했다. 그 말을 들을 때마다 엄마는 딸이 있어서 정말 좋은가보다 싶으면서도 나는 부담을 지울 딸이 없어 다행이라고 생각했다.

성인이 돼 독립해 혼자 사는 동안 엄마는 하루도 빠짐없이 나에게 전화했고, 연락이 한 시간만 안 돼도 불안해했다. 혼자 있고 싶었을 때조차 엄마에게만은 매일 연락해야 했다. 연락이 없어도 아무 일도 일어나지 않는다는 걸 엄마에게 아무리 이야기해도 엄마는 "자식을 혼자 두고 어떻게 마음 편히 사니? 네가 자식을 안 낳아봐서 엄마 마음을 모른다"라며 하나뿐인 딸이 엄마를 귀찮아한다고 서운해했다. 매일매일 오던 엄마의 전화는 어리와 같이 살며 건너뛸 때가 많아졌지만, 내가 며칠 연락을 하지 않으면 엄마는 여전히 "무슨 일 있니? 어디 아프니?" 묻는다. 아무 일 없다고 하면 이제 "너는 엄마가 걱정도 안 되니?"라며 한 소리 하신다. 최근엔 부쩍 외삼촌 이야기를 자주 하셨다. 매일 연락하는 동생이 자식보다 낫다고. 20년간 나와 매일 통화한 기억은 다 잊고 최근 1년간 연락이 뜸한 것만 마음에 남으신 듯하다. 70대 중반의 엄마는 애정이 더 고픈가 보다.

엄마의 영향이었을까. 어릴 때부터 생각했다. 누군가와 같이 살게 된다면 그 사람은 나를 과하게 신경 쓰지 않으면 좋겠다고. 서로를 아끼고 존중하면서도 적당한 거리를 유지하며 너무 깊숙이 간섭하지 않는 관계이길 바랐다. 또, 지나치게 감정적이거나 예민하지 않은 사람이어서 나에게 불안한 감정을 옮기지 않았으면 했다. 어리는 그런 사람이다. 선을 넘지 않는다. 때론 너무 무심한 것 같아 서운할 때도 있지만, 함께 있으면 나의 원가족에게서는 느끼지 못했던 편안함을 느낀다. 지금은 많이 안정됐지만, 나는 겉으로는 평온을 유지하는 것처럼 보여도 마음은 요동칠 때가 많다. 그래서 감정 기복이 심하거나 불안한 사람과 함께 있으면 마음이 너무 힘들다. 생각해보면 어리와 같이 살게 된 것도 함께 있으면 내 마음이 평온하게 쉴 수 있어서였던 것 같다.

어리가 나와 함께 살면서 느낀 편안함은 내가 느낀 편안함과는 반대다. 어리는 나와 함께 살며 대화를 많이 나누고 옆에서 항상 챙겨주는 사람이 있음에 따뜻함을 느껴 좋다고 했다. 처음엔 챙김을 받는 것도 챙겨주는 것도 어색해하던 어리가 지금은 조금 다정하게 변했다. 재밌는 건, 나는 엄마의 간섭이 싫었는데 어리는 나도 모르게 하는 내 간섭을 좋아하며 즐기는 눈치다. 게다가 이제는 나의 챙김을 너무 당연하게 받아들이는 것 같다. 적당히 무심해져야 하나 고민 중이다.

어리의 어머니와 나의 엄마의 성향이 서로 반반씩 섞이면 좋을 텐데…… 적당히 다정하고 적당히 가까운 사이. 남녀노소를 떠나 서로 동등하게 존중하는 사이. 누구도 상처받지 않고 서운해하지 않는 이상적인 사이. 그러면서도 의리를 지키는 사이. 비단 모녀 사이뿐만 아니라 가족이든 친구 사이든 모든 관계에는 '아름다운 거리'가 필요함을 느낀다. 그 거리를 지키며 살고 싶다. 너는 너, 나는 나, 서로에게 피해주지 않고 각자 알아서 잘 사는 것, 냉정하고 인간미 없는 관계 같아 보이지만 그러면서도 함께 있으면 의지가 되는 평온한 사이. 내가 바라는 이상적인 인간관계다.

허물어지기 쉬운 '정상가족'

인간관계는 참 어렵다. 곰곰이 생각해보면 갈등은 기대에 부응하지 못하는 서운함에서 비롯되는 것 같다. 조건 없이 주고 대가를 바라지 않아야 하는데 그게 말처럼 쉽지 않다. 때론 상대방에게는 묻지도 않고 자기가 원해서 희생해놓고, 내가 이만큼 희생했으니 그에 상응하는 만큼의 대가를 돌려주기를 기대한다. 그러다 기대가 좌절되면 서운함을 느낀다. 이 서운함은 원망을 부르고 분노를 일으키기도 한다. 반대로 누군가 나에게 기대하는 것을 알게 될 땐 그 기대를 충족시켜야 한다는 부담감이 내 생각과 행동을 통제하기도 한다.

이 기대와 서운함은 가족관계에서 더 크게 작용한다. 나의 부모님도 그랬다. 자기중심적인 아버지 옆에서 엄마는 자발적인 희생을 했고, 그런 만큼 아버지가 변화하기를 기대했다. 아버지에게 아무런 기대도 하지 않았더라면 덜 외로웠을 텐데, 엄마는 절대 바뀌지 않을 사람에게 헛된 기대를 품고 살았다. 기대가 좌절되니 실망하고 원망했다. 그러면서도 연민을 품고, 또다시 기대하고, 상처받았다.

나는 자라면서 늘 부모님의 싸움을 마주했다. 정서적 안정이 필요한 예민한 나에게 집은 안식처가 되지 못했다. 엄마는 하나뿐인 딸에게 의지했고, 어린 난 엄마가 의지하기엔 나약했으며 그런 상황들이 너무 괴로웠다. 엄마는 예민하고 불안과 걱정이 많은 사람이다. 나는 어릴 때부터 그런 엄마의 감정과 자식이 잘되길 바라는 간절한 기도를 먹고 자랐다. 비록 엄마의 바람대로 사회적 성공을 이루진 못했지만, 엄마의 영향을 받으며 오늘의 내가 됐다. 나에게 언니가 있으면 얼마나 좋을까 늘 생각했다. 엄마에게 딸이 여러 명 있다면 더 위로가 되고 나의 마음도 덜 힘들었을 텐데. 청소년 시절, 나는 가능한 빨리 집에서 벗어나고 싶었다. 겉으론 멀쩡해 보이지만 실상은 불안정한 이 가정이라는 울타리가 차라리 빨리 무너지길 바라기도 했다. 그나마 아버지가 타 지역에 근무하셨을 때는 주말에만 봐서 그런지 사이가 나름 괜찮아서 다행이었다.

　독립하고 나선 부모님의 싸우는 모습을 보지 않을 수 있게 돼 좋았다. 하지만 따로 살아도 같이 사는 것이나 다름없었다. 엄마는 아버지와 싸울 때마다 내게 전화해 남편 흉을 보며 속상함을 털어놓았다. 딸 말고 누구에게 이런 이야기를 하냐면서. 때론 맞장구치고, 때론 가만히 듣고, 때론 외면하고, 때론 화를 냈지만 나의 마음은 늘 불편하고 아팠다. 난 그것이 내가 아버지를 미워하고 원망하기 때문이라고 생각했다. 그러다 서른이 넘어서야 깨달았다. 엄마가 아버지를 욕할 때마다 내 존재를 부정당한다고 느꼈음을. 미워해도 부인할 수 없는 사실은 내 안에 흐르는 절반의 기운을 그에게

서 물려받았다는 것이다. 엄마가 내뱉는 그 모든 말은 "네가 내 딸이면서 저런 사람의 딸이야"라고 말하는 것 같았다.

어릴 때부터 쌓인 그러한 자괴감은 어른이 돼서도 내 마음 깊숙이 자리 잡았다. 벗어나기 힘든 깊은 우울의 기저에는 이러한 상처가 자리 잡고 있기 때문일 거다. 그 상처는 잘 덮여 있다가 문득문득 올라와 나를 힘들게 했다. 사람들이 내게 자주 하는 "기운 없어 보인다"라는 말은 아마도 이런 것들이 영향을 미치는 게 아닌가 싶다. 밖에선 자존감 높은 척했지만 혼자 있을 땐 한없이 바닥으로 파고 들어갔다. 그런데도 내가 이렇게나마 잘 살고 있는 건 엄마 때문이기도 하다. 엇나갈 수도 있었던 청소년기, 내가 상처받은 만큼 상처 주고 싶다가도 차마 엄마를 배신할 수 없었다. 남편 복 없는 사람이 자식 복도 없다고 할까 봐. "너는 엄마가 불쌍하지도 않니?"라고 묻는 엄마 앞에서 나는 무기력했다. 엄마는 내게 상처와 사랑을 동시에 과분하게 줬다.

두 분은 상처투성이였던 부부 관계를 46년간이나 유지하다가 결국 3년 전 이혼하셨다. 이혼의 전 과정은 모두 내가 처리했다. 이혼 서류를 준비해 두 분을 모시고 법원에 오가는 것도, 재산 분할도, 아버지의 채무를 해결하고 새집을 구하는 것도 모두 내가 도맡았다. 나는 엄마의 말 한마디에 이혼을 밀어붙였다. 같이 못 살겠다면서도 "내가 누구 좋으라고 이혼을 해? 절대 안 해"라며 감정의 찌꺼기를 남기던 엄마는 드디어 "다 필요 없으니 하루만이라도 마음 편히 살고 싶다"라고 했다. 나는 엄마의 그 말을 기다렸다. 모든 것을 다 버리고서라도 이혼하고 싶다고 말하기를. 바로 엄마의 이혼을 도왔다.

아버지는 자기중심적인 성격과 경제적인 문제로 가족을 자주 힘들게 했다. 그러면서도 사회 활동은 활발하게 해 여러 협회에서 임원을 맡았다. 경제관념도 안목도 없으면서 귀가 얇아 남의 말만 듣고 투자했다가 자주 실패했고, 사회 활동을 한다는 명목으로 가정경제는 고려하지 않은 채 과분한 지출을 했다. 뒷감당은 언제나 가족의 몫이었다. 사회적으로는 명성을 얻을지언정 가정은 곪아가고 있었다. 아버지의 잘못은 반복됐고, 나는 아버지가 본인 스스로 어떤 상황에 놓여 있는지 깨닫게 하기 위해 모든 것을 다 잃고 바닥을 칠 때까지 내버려둘 참이었다. 그러나 마음 약한 엄마는 그러지 못했다. 아버지가 같은 잘못을 반복하는 건 가족이 항상 뒤치다꺼리해줄 거라는 믿음이 있기 때문이라며 엄마를 말렸지만, 엄마는 매번 분노하면서도 "다음엔 안 그러겠지" 하면서 계속 문제를 해결해줬다. 그런 상황이 끝없이 반복되자 엄마는 지쳐버렸다. 그런데도 내가 적극적으로 이혼을 추진하지 않았더라면 엄마는 여전히 아버지를 원망하며 한집에서 원수처럼 살고 있을 것이다. 결론적으로는 내가 부모님을 이혼시킨 셈이다.

내 가족은 부모, 아들, 딸 4인으로 구성된 '정상가족'의 표본이었다. 이 허울뿐인 정상가족은 수십 년을 버티다 결국 허물어졌다. 정상가족의 환상 따윈 나에게 없다. 결혼이나 혈연으로 맺어진 가족이 아니라 함께 사는 구성원 간에 예의와 의리를 지키며 사는 사람들이야말로 진정한 가족이라고 생각한다. 나는 그런 가족을 갖고 싶었다.

비혼 여성의 돌봄을 함께 고민하다

어리와 나는 결혼한 사람이 주류인 사회에서 결혼하지 않은 비주류로 살고 있다. 우리는 노후에 대한 고민을 자주 나눈다. 나는 오래전부터 결혼하지 않고 좋은 사람들과 마을을 이뤄 이웃으로 살면 좋겠다고 생각했다. 혼자 살면서도 따로 또 같이 돌봄을 나눌 수 있게. 가까운 이들 여러 명이 마을을 이뤄 살면 나이가 들어 한 명씩 세상을 떠나더라도 나머지 사람들끼리 서로 의지하고 살 수 있지 않을까. 계속해서 좋은 사람들이 마을에 이웃으로 합류해 살다 보면 아무도 혼자 남지 않고 이웃과 여생을 즐기다 갈 수 있지 않을까 하고 상상했다.

결혼했거나 아이가 있는 사람들 가운데 알 수 없는 우월감에 도취된 사람들을 가끔 본다. 결혼하지 않은 사람들보다 자신이 더 어른이라고, 더 우위에 있다고 여기고 비혼인 사람을 하대하거나 결혼은 꼭 해야 한다고 적극 장려하기도 한다. 그런데 겪어보니 그런 사람 중에 진짜 어른은 별로 없었다. 정말 행복하고 안정적인 결혼 생활을 하는 사람들은 자기 삶의 방식을 타인에게 강요하지 않으며 타인의 삶을 존중한다.

내가 만약 결혼을 했더라면, 자식을 키우고 있다면 지금보다 더 성숙해졌을까? 나는 혼자이기 때문에 많은 경험을 할 수 있었고, 나를 깊이 들여다보고 성찰할 수 있는 시간이 있었다. 그 시간이 쌓여 지금의 내가 있다. 육아는 신비하고도 새로운 차원의 경험이며, 육아를 통해 진짜 어른이 된다지만 내가 엄마로 산다고 지금보다 더 성숙해질 것 같지는 않다. 만약 나에게 아이가 있었다면 나를 돌볼 여유는 없었을 것이다. 세상에 당연한 건 없다. 인생에도 당연한 길은 없다. 나는 내 앞에 있는 여러 갈래의 길 중에 하나의 길을 선택해 걸어갈 뿐이다.

엄마의 연세가 일흔을 넘어가면서 돌봄에 대한 고민도 커진다. 하나뿐인 오빠가 결혼하는 순간부터 부모 부양은 내 몫이 될 것이라 생각했다. 오빠는 딸만 둘인 집의 장녀인 새언니와 20대 후반에 결혼해 아들 둘을 낳고 열심히 살고 있다. 둘 다 각자 경제활동을 하며 자식과 양가 부모를 모두 돌보기는 쉽지 않을 거라고 본다. 엄마가 혼자 거동하기 불편해지면 실질적인 돌봄은 엄마와 가장 가까운 내가 맡게 될 것이다. 내가 엄마를 옆에서 돌봐야 할 때가 얼마 남지 않았을지도 모른다고 생각하면 두렵기도 하다. 혹여 엄마가 치매에 걸리면 내가 감당할 수 있을까? 엄마가 부디 건강하게 즐겁게 오래 사셨으면, 이별은 가능한 멀면 좋겠다. 만약 내가 결혼해 아이를 키우고 있다면 어땠을까? 아마도 엄마는 사위 눈치 보느라 날 조심스러워했을 테고, 나는 지금처럼 엄마 일에 신경 쓰지 못했을 것이다. 내가 결혼하지 않은 걸 참 다행이라 생각한다.

친구들도 같은 고민을 하고 있다. 부모님 연세가 대부분 일흔을 넘어가다 보니 친구들과의 대화에서 빠지지 않는 주제가 부모님의 건강이다. 한 친구의 어머니는 몇 년째 치매를 앓고 계신다. 아버지가 아내를 시설에 절대 보낼 수 없다며 7년째 직접 집에서 극진히 돌보고 계시는데, 간병 기간이 길어지니 아버지의 건강도 나빠지셨다고 한다. 부모님과 멀리 떨어져 사는 친구는 정년이 보장된 직장을 그만두고 부모님 댁으로 들어가는 것을 고민하고 있지만, 결코 쉽게 결정할 수 있는 문제는 아니다. 그렇게 하는 순간 친구의 경력은 기약 없이 단절되고, 이제 중년의 나이에 재취업은 쉽지 않을 테니 말이다. 비혼인 친구는 미처 준비하지도 못한 채 노후를 맞이하게 될지도 모른다. 우선 친구는 한 달에 며칠씩 휴가를 내고 어머니의 간병을 돕는 것으로 현실과 타협했다.

나는 언제가 될지 모르는 미래를 위해 조금씩 대비해두기로 했다. 마침 코로나19로 시간이 있을 때 요양보호사 자격증을 취득했다. 내가 직접 간병하지 않아도 관련 지식을 배워두면 혹여 엄마가 아프시거나, 어리가 아플 때 도움이 되지 않을까 싶었다. 재작년 여름, 두 달간 주말마다 학원에 가 온종일 책상 앞에 앉아 수업을 들었다. 사회복지사 자격증을 가지고 있어 50시간만 들으면 되는 데다, 이제까지 살면서 본 자격증 시험 중에 가장 쉬웠다. 하지만 요양보호사 과정 교육을 받으며 느낀 건 간병은 정말 아무나 할 수 있는 게 아니라는 사실이다. 이론으로 습득한 지식과는 상관없이 간병 대상을 엄청 사랑하거나, 엄청난 사명감이 있거나, 돈이 간절히 필요하지 않으면 하기 힘든 일이다. 요양보호사 교육을 받고 나니 그 깨달음만 남았다. 온전히 내 시간과 정성을 갈아 넣는 육체노동과 감정노동의 집합체라고나 할까.

사실 난 자식이 부모를 봉양할 의무는 없다고 생각한다. 부모가 자신들의 선택에 의해 자식을 낳았으니 아이가 안정적인 환경에서 성인으로 자랄 때까지 책임지는 건 당연하다. 하지만 자식은 자신의 선택으로 세상에 나오지 않았다. 그렇기에 부모를 봉양하는 건 의무가 아니라 자신에게 아낌없이 사랑을 베풀어준 부모에 대한 보답, 혹은 사랑하는 마음이 우러날 때 기꺼이 하는 일이라고 생각한다. 그래서 누구에게나 늙으면 자식이 있어야 한다는 그 말에 내포된 뜻과 무게에 동의하지 않는다.

문득 의문이 생겼다. '나의 돌봄은 누가 책임지지?' 혼자 일상생활이 가능한 상태라면 어리나 이웃과 서로 연대해 간단한 돌봄이야 가능하다지만 거동이 불편할 정도가 되면 문제가 된다. 나는 내 돌봄은 내가 알아서 책임지고 싶다. 나로 인해 누군가의 삶이 지치지 않았으면 좋겠다. 정신이 온전치 못하거나 몸을 제대로 가누지 못하게 될 때 누군가에게 짐이 되지 않았으면 좋겠다. 그래서 어느 정도 힘이 남아 있을 때 내 죽음만큼은 스스로 선택하고 싶다. 존엄하게 살다가 존엄하게 생을 마감하고 싶다. 언제, 어디에서, 어떻게 마지막을 맞이할 것인지 죽음에 대한 자기 결정권을 갖고 싶다.

어리와 그런 대화를 했다. 우리가 만약 운이 좋아 자연사할 때까지 함께 살 수 있다면 걸을 힘이 남아 있는 적당한 날에, 혹은 어느 한 사람이 치료가 불가능한 병에 걸려 죽음을 앞두고 있다면 주변을 정리한 뒤 나란히 손을 잡고 조력자살이나 적극적 안락사가 허용된 유럽으로 가자고. 아마 그때가 되면 한국에서도 그런 선택이 가능할지도 모르겠다. 그렇게 돼서 비행기표 값을 아껴 기부하면 더 좋고.

몇 십 년을 함께 살다가 어느 한쪽이 세상을 떠난 공간에서 혼자 남아 살아야 하는 건 상상만 해도 슬픈 일이다. 돌봄의 고민은 늘 삶의 마무리에 대한 생각으로 이어진다. 돌봄은 그 상황에 닥치지 않고서야 알 수 없는 문제이지만 말이다.

농담이
현실로,

친구를
입양하다

혼자가 아니라 다행이야

2년 전, 일터에서 중요한 행사가 있었다. 그날따라 아침부터 컨디션이 그리 좋지 않았지만, 행사 담당자라 아침 일찍 일터에 도착해 현장 준비를 마무리했다. 약간의 긴장 상태로 오후 행사를 무사히 마친 후 집으로 돌아가는 길이었다. 집과 일터는 한 시간 반 정도 떨어져 있어 고속도로를 타고 가야 한다. 운전을 시작하고 10분쯤 지날 무렵부터 두통이 심해지고 숨 쉬는 게 힘들어지기 시작했다. 얼른 집에 가서 쉬고 싶어 그 상태로 20분 정도를 계속 달렸다. 구토 증상이 심하게 올라왔다. 결국 차를 멈추고 인근 상가 화장실에 들어가 속을 비워냈다. 잠깐 쉬다가 호흡을 고르니 좀 괜찮아진 듯해 다시 운전대를 잡았다.

그러다 5분도 안 돼 과호흡이 왔다. 서울에서 겪었던 공황 증상이 다시 나타난 것이다. 공포가 몰려왔다. 이대로 고속도로에 진입하면 큰일나겠다 싶어 도로변에 차를 세우고 숨을 몰아쉬며 119에 전화를 했다.

"제가 운전 중이었는데…… 지금…… 숨이…… 잘 안 쉬어져요……. ○○방향 고속도로 타기 직전…… ○○IC 근처 도로변…… 차 세웠어요……. 머리도…… 너무 아파요……."

더듬더듬 말을 내뱉었다. 전화를 받은 상담원은 신속하게 내

위치와 차량을 다시 확인했다.

"신고자 분, 비상등 켜고 있으세요. 금방 갑니다."

1분 남짓한 통화 동안 점점 더 호흡이 가빠지고 손이 마비되기 시작했다. 이러다 의식을 잃을까 싶어 119 전화를 끊자마자 지도 앱을 켜고 현재 내 위치를 캡처해 어리에게 보낸 뒤 전화를 걸었다.

"119 신고했어……. 병원으로 갈 거야……. T에게 부탁해서…… 같이…… 차 가지고 와……."

겨우 할 말만 하고 전화를 끊었다. 전화를 끊고 4분 만에 구급대가 도착했다. 손은 굳어버렸고, 얼굴에도 마비 증상이 나타나면서 눈물, 콧물, 침이 계속 흘렀다. 구급대원의 부축을 받아 휠체어로, 다시 구급차로 옮겨졌다. 구급대원이 내 팔을 주무르면서 계속 말을 걸어 상태를 확인했다. 누가 옆에 있으니 안심이 됐다. 얼마 뒤 과호흡도 정상으로 돌아왔다. 마침 어리에게 전화가 와 구급대원이 대신 받았다. 구급대원은 어리에게 평소 내 건강 상태와 오늘 스트레스 받은 일이 있는지, 전에도 이런 적이 있는지 등 몇 가지를 확인한 후 시내에 있는 큰 종합병원으로 갈 거라고 알려주셨다.

차의 주행 방향과 반대로 누워 고속도로를 달리다 보니 속 울렁거림이 심해져 당장 토할 것 같았다. 꾹꾹 참아가며 병원 응급실에 다다랐다. 도착하자마자 급한 마음에 비닐봉지를 달라고 외치며 화장실을 찾았지만 눈에 띄지 않았다. 간호사가 비닐봉지를 가지러 간 사이 구급대원이 참지 말라며 자기 손을 내밀었고, 그만 그 손에 토해버렸다. 아무리 니트릴 장갑을 끼고 있다고 해도 보는 나도 비위가 상하는데 그분은 괜찮다며 그걸 묵묵히 다 받아내셨다. 죄송해서 어찌할 바를 몰라 연신 너무 죄송하다, 도와주셔서 감사하다고 말하며 고개를 숙였다. 그분은 나를 병원에 인계한 뒤 얼른 회복하시라는 인사를 건네고는 홀연히 사라지셨다. 더러운 것까지 참아내며 도움이 필요한 곳에서 열심히 구호 활동을 하시는 구급대원, 정말 존경스럽다.

속을 게워내고 응급실에서 이것저것 검사받는 동안 어리가 도착했다. 구급차 안에서 통화할 때 차를 먼저 가지러 갔다가 병원으로 오라고 했는데 병원에 먼저 들러 깜짝 놀랐다. 뼛속까지 공대 언니인 어리는 인풋과 아웃풋이 명확한 사람이다. 본인이 맡은 일은 완벽하게 해내지만, 소모적인 생각을 하기 싫어해 융통성이 별로 없는 편이다. 그래서 어리에게 뭘 부탁할 땐 구체적이고 정확하게 순서까지 이야기하는 편이다. 이번에도 동선을 고려해 친한 친구 부부 T와 K의 차를 타고 도로변에 세워둔 우리 차를 먼저 가지러 갔다가 병원으로 오라고 이야기했는데, 어리가 순서를 지키지 않은 것이다. '설마 내가 너무 걱정돼서 먼저 온 건가' 싶었지만 그건 아니었다. 왜 병원으로 먼저 왔냐고 묻자, 어리는 "T가 당신 상태 먼저 확인하고 차 가지러 가는 것이 좋겠다고 해서. 괜찮아?"라고 말했다. 참 솔직하기도 하지. 피식 웃음이 났다. '그럼 그렇지.' 그래도 병원에 먼저 와서 반가웠다. 다행히 평소 바쁜 친구 부부가 마침 그날 저녁에 시간이 돼 큰 도움을 줬다.

갑자기 내가 구급차를 타고 응급실에 가게 된 것처럼 낯설거나 당황스러운 상황에 닥치게 되면 어리는 뭐부터 해야 할지 결정하는 걸 어려워한다. 일단 한참 동안 작동을 멈추고 고장 난 기계가 된다. 그럴 때 '이것부터 해서 이렇게 하면 된다'고 알려주면 완벽하게 잘 해낸다. 그래서 어리보다는 그나마 순발력 있는 내가 올바른 인풋을 넣어주려고 애쓰고 있다. 정신을 잃어가는 순간에도 어리에게 구체적으로 할 일을 알려주려고 메시지를 보내고 전화한 내가 생각할수록 웃기다. 퇴원하고 난 뒤 어리는 풀이 죽은 모습으로 내게 고백했다. 내 상태가 걱정되긴 했지만 전화 통화를 했으니 그저 내가 알려준 대로 주차해둔 차를 무사히 잘 가지고 병원으로 가는 것만 생각했다고, 미안하다고 했다.

"괜찮아, 그만큼 당신은 항상 내가 하는 말을 조금의 의심도 없이 곧이곧대로 믿어주고 따라주잖아. 그리고 당신은 아웃풋이 정직하잖니."

그래 놓고 나는 한동안 이 일로 어리를 놀려댔다. 같이 사는 친구가 응급실에 실려 갔는데도 로봇처럼 입력한 대로만 움직이려 했다고. 과연 이런 너를 믿고 살아도 되겠느냐고. 어리는 정말 많이 미안했는지 일주일 넘게 손이 많이 가는 맛있는 음식을 만들어줬다. 이제는 경험이 입력됐으니, 다음에 혹시 또 이런 일이 생기면 내가 괜찮다고 해도 병원부터 달려오겠지?

살면서 법정대리인이 필요한 순간

나이가 마흔이 넘으면서 몸 이곳저곳이 아프기 시작했다. 마흔 전까지만 해도 아토피 때문에 피부과에 몇 번 가는 것을 제외하고는 병원 갈 일이 거의 없었는데, 마흔 이후엔 부쩍 많아졌다. 위경련으로 응급실에 갔다가 담낭염 진단을 받아 입원하기도 하고, 앞서 말한 것처럼 정신을 잃을 만큼의 과호흡이 와서 구급차를 타고 응급실에 가기도 했다. 이외에도 오랜 두통과 어지럼증이 심해져 한동안 신경과 치료를 받기도 했고, 비 오는 날 계단에서 넘어지면서 머리를 벽에 부딪쳐 응급실에 갔던 적도 있다. 얼마 전에는 대상포진에 걸려 한동안 치료를 받았다.

몸이 전처럼 제어되지 않는 느낌이랄까. 늙어가면서 몸에 조금씩 이상이 생기는 것은 자연의 이치이니 받아들일 수밖에. 하지만 병원 갈 일이 자꾸 생기다 보니 큰 병에 걸리거나 사고가 나서 수술해야 할 경우처럼 보호자가 필요한 순간에 어떻게 해야 할까 고민되기 시작했다. 어릴 적 나의 보호자는 늘 엄마였다. 그리고 언제부턴가 내가 엄마의 보호자가 됐다. 그런데 결혼도 하지 않고 자식도 없는 내가 늙고 병들면 내 보호자는 누가 돼주는 거지? 나도 이제 중년에 접어들면서 노년이 정말 머지않은 걸 실감하게 되니 노후를 꼼꼼하게 대비해야겠다는 생각이 강하게 들었다.

　　살다 보면 누구에게나 법정대리인이 필요한 순간이 찾아온다. 내가 거동하기 불편할 때 나를 대신해 법률행위를 해야 할 수도 있고, 아파서 병원에 입원하게 될 수도 있다. 환자에게 의사 결정 능력이 있는 경우는 환자 본인의 동의로 수술이 가능하지만, 그렇지 않은 경우에는 법정대리인의 동의가 필요하다. 위급한 상황이면 보호자의 동의 없이도 수술할 수 있다지만, 일반적으로 법정대리인이 없으면 곤란한 상황에 처한다. 그렇기에 보호자의 역할이 중요하다. 나는 나와 함께 살며 나를 가장 잘 아는 친구 어리가 그 역할을 해주면 좋겠다고 생각했다.

　　의료법 제24조에 따르면, 환자에게 의사 결정 능력이 없는 상황에서 사람의 생명 또는 신체에 중대한 위해를 발생하게 할 우려가 있는 수술, 수혈, 전신마취를 하는 경우 의료인은 법정대리인에게 이에 대해 설명하고 서면으로 동의를 받아야 한다. 이 말은 법정대리인의 자격이 없는 어리는 보호자의 동의가 필요한 순간에 수술 동의를 할 수 없다는 뜻이기도 하다. 그런 상황이 실제로 닥친다면 어떨까? 연로하신 부모님을 대신해 혹은 부모님이 돌아가신 후 법적 보호자가 필요한 순간에 와줄 수 있는 어리와 나의 형제들은 이곳에서 차로 서너 시간 정도 걸리는 지역에 살고 있다. 우리는 타 지역에 사는 가족이 올 때까지 몇 시간을 아무것도 하지 못한 채 기다려야만 한다.

이 문제로 어리와 많은 이야기를 했다. 그런 일이 생긴다면 우리는 서로의 법적 가족을 마냥 기다리며, 혹시라도 수술이 늦어져 잘못되진 않을까 마음 졸이며 무력감만 느끼고 있겠지. 우리는 서로를 가장 잘 알고 현재 서로의 실질적 보호자의 역할을 하고 있는데, 정작 중요한 순간에는 남이 될 수밖에 없다니……. 현실을 반영하지 못하는 법과 제도가 서글펐다. 만약을 위해 확실한 법적 울타리가 필요하다고 생각했다.

'정상가족' 되는 일 별거 아니네

어리와 즐거운 일, 슬픈 일을 함께하며 산 지 5년이 지나며 앞으로도 우리가 반려인으로 잘 살 수 있겠다는 확신이 들었다. 이대로 늙어 죽을 때까지 함께 살기로 한 우리는 법으로 묶인 가족이 되기로 했다. 법적 가족이 되기로 한 건 무엇보다 위급상황에서 서로에게 든든한 보호자가 돼주고 싶은 마음이 커서였다. 그리고 누구 한 사람 먼저 세상을 떠나게 될 때 먼 곳에 살며 어쩌다 한 번씩 보는 형제나 친척이 아닌 함께 사는 서로가 마지막을 정리해줬으면 좋겠다고 생각했다. 생활동반자법이 제정되길 마냥 기다리다가는 이대로 할머니가 될 것 같았다. 그래, 법이 다양한 형태의 가족공동체를 받아들일 준비가 안 됐다면 법을 이용하지, 뭐. 세상을 상대로 싸우기보단 기존 틀 안에서 방법을 찾아보기로 했다.

법정대리인이 될 수 있는 방법을 찾아봤다. 심신이 건강한 우리가 당장 제삼자인 서로를 후견인으로 지정하긴 어려우니 남은 건 진짜 가족이 되는 방법뿐이었다. 건강가정기본법에서는 가족을 혼인·혈연·입양으로 이루어진 사회의 기본 단위로 정의하고 있다. 어리와 나는 실질적으로는 가족이지만 건강가정기본법에서 정의하는 가족은 아니니 '안 건강한' 가족이다. 동성 친구인 우리는 혼인할 수도 없고, 혈연관계도 아니니 법에서 정한 가족이 되려면 선택할 수 있는 방법은 입양뿐이었다. 민법상 성인 입양은 양부모가 될 사람이 양자보다 나이만 많으면 가능했다. 그렇게 우리는 입양을 통해 1인 가구에서 피보다 무섭다는 법으로 엮인 가족이 되기로 했다.

입양은 우리에게 단지 법적 가족이 되기 위한 수단일 뿐이다. 친구가 딸이 되는 것, 친구에게 엄마가 한 명 더 생기는 것에 큰 의미를 두지 않았다. 물론 입양 자체를 가볍게 결정한 건 아니다. 입양을 통해 가족이 되는 순간, 친부모 자식 관계와 같은 법률 효력을 가진다는 것을 잘 알고, 충분히 고민하고 신중하게 결정했다.

우리가 처음 같이 살기 시작하고 안정적인 주거에 대해 고민하던 때, 왜 가족이 아닌 두 사람은 공공임대주택에서 함께 살 수 없는 것인가에 대해 이야기한 적이 있다. 현재 1인 가구는 전용면적 40㎡ 이하 평수에서 혼자 살아야만 청약을 신청할 수 있다. 각각 청약저축에 가입한 가족이 아닌 두 명의 타인이 한집에 살 수는 없다. 가족의 경우 더 큰 평수의 공공임대주택에 살 수 있는 것처럼, 1인 가구 2명의 청약저축을 합쳐서라도 한집에서 살게 하면 안 되는 건가? 1인이 따로따로 사는 것보다 두 명 이상이 같이 살면 사회적 돌봄 비용도 줄일 수 있는데 왜 제도는 바뀌지 않는 것일까? 시대가 변했고 이미 다양한 형태의 가족공동체가 있는데, 아직도 현실은 혼인신고를 한 부부와 자녀만 '정상가족'으로 분류한다. 참으로 고루하다. 그래서 그때 난 장난스럽게 말하곤 했다. "내가 당신을 입양해서 임대아파트에 들어갈까?" 그리고 그렇게 장난처럼 했던 말이 몇 년 후 현실이 됐다.

입양을 결심한 후, 우리는 먼저 어머니들께 입양 계획을 말씀드렸다. 두 분 모두 법적 보호자가 필요한 상황에 대해 충분히 공감하고 긍정적으로 받아들이셨다. 나의 엄마는 평생 혼자 살면 어쩌나 걱정했던 딸이 이렇게 마음 맞는 친구와 함께 사니 안심된다고 하시는 분이다. 그래서 친구와 함께 사는 것도, 입양하는 것도 반대하지 않으셨다. 엄마의 마음은 그저 본인이 세상을 떠나고 딸이 할머니가 돼도 외롭지 않길, 누군가와 함께 행복하게 살길 바랄 뿐이다.

어리의 어머니께는 입양신고서에 동의 서명을 받아야 하고, 또 자식과의 법적 관계가 끊어지는 건 아니지만 자식에게 서류상 엄마가 한 명 더 생기는 것으로 혹시나 입양에 대해 거부감을 느끼진 않으실까 조금 걱정되긴 했다. 그래서 어리는 우리가 법적 가족이 되려는 이유를 설명하고, 입양이라는 말 대신 어르신들에게는 좀 더 익숙한 단어를 사용해 '양자로 들어가기로 했다'고 말씀드렸다. 과거에는 대를 잇고 제사를 지내거나 재산상속 등의 이유로 양자 입적을 많이 하기도 했으니까. 어리의 어머니는 원래 자식이 뭘 해야 한다고 하면 그런가 보다 하고 믿는 편이라 별 거부감 없이 입양신고서에 사인을 해주셨다.

성인 입양의 경우, 조건과 절차가 허무할 만큼 간단하다. 양부모가 될 사람이 성년이고, 양자가 양부모의 존속이나 연장자만 아니면 된다. 양자가 양부모보다 단 하루라도 늦게 태어나면 가능하다. 이 조건만 갖추면 A4 한 면에 인쇄된 입양신고서를 작성해 양자의 친부모 동의 서명을 받아 구청·시청·읍면 사무소에 제출하면 끝이다. 만약 양자가 될 사람이 결혼한 상태라면 배우자의 동의도 필요하다.

우리는 D-DAY를 5월 25일로 정했다. 우리와 상관없는 기념일만 가득했던 가정의 달에 우리만의 기념일을 만들기로 했다. 5월의 평일 가운데 가정의 달에 관련한 기념일을 제외하고 기억하기 쉬운 날로 골랐다. 여러 달을 손꼽아 기다린 끝에 2022년 5월 25일 오전 9시, 우리의 인적 사항과 어리 어머니의 동의 서명이 적힌 입양신고서를 들고 읍사무소에 갔다. 서류 한 장 달랑 들고 읍사무소까지 가는 그 길에 우리는 손을 꼭 잡았다. 이제 법적으로 서로 부양해야 하는 가족이 생기는 거니까 다시 잘 생각해보라며, 후회되면 파양해버리겠다며 서로 실없는 농담을 주고받았지만 마음이 이상했다.

읍사무소에 입양신고서를 제출하고 가족관계등록부에 기재되기까지 2~3일이 소요된다고 했지만, 다음 날 바로 처리가 됐다. (대한민국 행정 처리 속도는 정말 최고다!) 이제 가족관계증명서에도 주민등록등본에도 우리의 관계는 '모'와 '자녀'로 나온다. 드디어 우리는 동거인에서 법적 가족이 됐다. 친구를 입양하면서 나는 나보다 50개월 나이 어린 딸이, 어리에게는 50개월 나이 많은 양엄마가 생겼다. 결혼도 안 했는데 딸이 생기다니……! 뭔가 신기하면서도 웃기지만 책임감과 함께 기분 좋은 부담감이 생겼다. 어리 역시도 법적 가족으로 묶이니 좀 더 잘 살아야 할 것 같은 책임감을 느꼈다고 했다.

제주 시절에 만나 절친이 된 백은 내가 어리와 살면서 안정감을 느끼게 된 것 같다고, 우리가 사는 모습이 편안해 보여 부럽다고 했다. 그 말에 나는 나보다 생일이 빠른 그 친구에게 나를 입양하라고 했다. 그럼 딸도 생기고 더불어 손녀까지 생기게 된다고, 새로운 가족을 만들자고. 현재 법으로는 혼자 사는 사람이라도 입양을 통해 얼마든지 여러 명의 가족을 만들 수 있다. A가 B, C, D를 입양해 엄마(혹은 아빠)와 여러 명의 자녀를 만드는 게 가능하다. 아니면 A가 B를 입양하고, B가 C를 입양하고, C가 D를 입양해 딸(혹은 아들), 엄마(혹은 아빠), 할머니(혹은 할아버지), 증조할머니, 고조할머니까지도 만들 수 있다. 결혼과 혈연 중심의 가족 생태계를 교란시켜버리는 것이다.

나는 예민해서 다른 사람과 함께 살 수 없는 사람이라고 생각했다. 그런데 어쩌다 보니 어리와 함께 산 지 벌써 6년째다. 그사이 나는 30대를 지나 40대가 됐다. 지금 사는 이곳으로 오기 전까지 늘 불안을 달고 살던 내가 지금 이렇게 평온하게 잘 사는 건 이 친구 덕분이다. 세상엔 다양한 형태의 가족이 있고, 우리처럼 사는 가족도 있다. 가족이 뭐 별건가. 남에게 피해 주지 않고 서로 외롭지 않게 행복하게 오손도손 살면 그게 가족이지, 뭐.

법정대리인이 되는 가장 손쉬운 방법, '성인 입양'

법적 가족을 만드는 일은 의외로 너무 간단하다. 그 가족을 해체하는 것도 서류 한 장 작성해서 제출하면 된다. 어리를 입양하고 가까운 친구들에게 입양 사실을 알렸다. 대부분의 반응은 "그게 가능해?"였다. 결혼한 부부가 아닌 비혼으로서, 어린이도 아니고 나이 차가 많이 나는 것도 아닌 고작 다섯 살 차이 나는 또래 친구를 입양했다는 것에 다들 신기하다는 반응을 보였다. 보통 사람들은 성인 입양에 대해 별로 관심이 없기 때문에 하루라도 먼저 태어나면 입양이 가능하다는 사실 자체를 모르는 게 당연하다. 친구들도 그 부분을 신기해했을 뿐이지 우리가 입양을 통해 법적 가족이 된 것에 관해서는 별다른 얘기를 하지 않았다. 우리가 이미 오랫동안 같이 사는 걸 지켜본데다 우리를 이미 가족이라고 생각해서 그런 것 같다. 엄마는 나의 딸 입양 소식을 듣고, 엄마에게도 손녀딸이 생겼다며 진짜 가족이 된 걸 축하한다고 전했다.

우리의 입양신고서를 접수 받은 읍사무소의 가족관계등록 업무 담당자는 입양하면 상속의 권리와 부양의 의무도 친자와 똑같이 부여된다고 강조했다. 그러면서 우리 같은 성인 입양 사례는 처음 본다고 했다.

"가족관계등록 업무를 오래 했는데 이렇게 나이 차이 얼마 안 나는 성인 입양 사례는 처음이에요. 성인 입양을 신청하는 사례가 아주 간혹 있기는 한데, 모두 재혼 가정에서 배우자의 자녀를 입양하는 경우였어요. 완벽한 타인을 입양한 적은 한 번도 없었어요."

성인 입양도 흔치 않거니와 이렇게 나이 차이가 거의 나지 않는 또래 친구를 입양하는 사례는 처음이라는 말이 아쉬우면서도 왠지 뿌듯하게 느껴졌다. 아마도 우리가 새로운 길을 만들어 나아가고 있구나 하는 마음이 들어서가 아닐까. 가족관계등록부에 어리와 내가 함께 기재된 걸 보니 진짜 가족으로 인정받은 느낌이다. 법적 보호자가 생겼으니 아파도 걱정 없다. 어리에게 당부했다.

"우리가 자연사한다면 아마도 내가 먼저 세상을 떠날 확률이 높을 테니 뒤처리를 잘 부탁해. 그리고 내 유산은 이제 다 네 몫이야. 하하."

서류 처리가 완료되고 지역건강보험 가입자였던 어리를 내 직장건강보험의 피부양자로 등록했다. 매월 납부하던 어리의 건강보험료를 더 이상 납부하지 않아도 됐다. 자동차보험도 운전자 범위를 '운전자와 지정 1인'에서 '운전자와 부모'로 바꾸니 보험료가 조금 절약됐다. 하지만 그 어떤 혜택보다도 가장 좋은 건 마음이 든든하다는 것. 법적 가족이 된 게 실감이 났다.

우리의 관계는 만나는 사람에 따라 다르게 소개된다. 보통은 같이 사는 친구라고 소개하는데 등기우편물을 받을 땐 동생이라고 하기도 한다. 성이 다르니 가끔은 진짜 동생이 맞느냐는 질문을 받기도 한다. (아니, 재혼 가정일 수도 있지 않은가.) 아직은 주변에 입양 사실을 아는 사람이 별로 없다. 가까운 사람이 아니면 굳이 입양했다고 남들에게 말할 필요도 없고 설명하기도 귀찮으니 다른 사람에게 어리를 딸이라고 소개할 날이 올진 모르겠다.

부모는 자식을 위해선 뭐든 할 수 있다는데 나는 과연 어리를 위해 뭐든 할 수 있을까? 아직은 그렇다고 할 수는 없다. 시간이 더 지나 가족으로 함께 산 세월이 더 쌓이면 어리를 나보다 더 소중하게 생각하는 그때가 올지도 모르겠다. '자식은 낳은 정보단 기른 정'이라는 말도 있으니, 잘 키우다 보면(?) 언젠가 나도 엄마의 마음을 가질 수 있을지도. 부디 무탈하게만 잘 늙어다오.

국내 성인 입양 알아보기

국내 입양은 △입양특례법에 의한 입양 △민법에 의한 친양자 입양 △민법에 의한 일반 양자 입양 등으로 구분된다.

입양특례법에 따른 입양은 보호가 필요한 아동이 입양기관을 거쳐 입양되는 경우로 친양자 입양과 같다. 친양자 입양은 친생부모와의 관계는 종료돼 양부모의 성과 본을 따르고 친자녀와 같은 지위를 갖는다.

일반 양자 입양의 경우 친생부모의 성과 본을 그대로 유지하며 친생부모의 친자녀로서의 지위와 양부모의 양자로서의 지위를 모두 갖는다. 친부모와의 관계는 그대로 유지하면서 양부모가 추가로 더 생기는 것이다. 어떤 입양이든 미성년 자녀를 입양할 경우에는 가정법원이 아이가 잘 자랄 수 있는 양육환경인지 엄격하게 심사하는 만큼 당연히 입양의 요건이나 절차가 까다롭다.

반면 성인 입양의 경우 일반 양자 입양만 가능한데, 조건도 절차도 간단하다. 양자가 될 사람이 성인인 만큼 의사 결정권을 존중해 당사자 간 합의와 양자 친부모의 동의만 있으면 된다. 양부모의 혼인 여부도 상관없으며 양자가 양부모의 존속(부모, 또는 같은 항렬에 속하는 친족)이나 연장자만 아니면 (하루라도 늦게 태어나면) 된다.

이 조건만 갖추면 입양신고서를 작성해 양자의 친부모 동의 서명을 받아 구청·시청·읍면 사무소에 제출하면 끝이다. 만약 양자가 될 사람이 결혼한 상태라면 배우자의 동의도 필요하다. 입양신고서를 제출하고 가족관계등록부에 기재되기까지 2~3일이 소요된다.

양부모와 양자가 합의만 하면 성인을 입양하는 것이 간단한 것처럼 파양도 간단하다. 파양 신고서를 작성해 구청·시청·읍면 사무소에 제출하면 된다.

<법제처 '찾기 쉬운 생활법령정보' 홈페이지 참고>

다섯 살 차이 모녀 처음 보시죠?

어리와 법적 가족이 됐다고 해서 일상에 큰 변화가 생기진 않았다. 입양 사실이 겉으로 드러나는 것도 아니고, 우리는 이미 반려인으로 같이 살며 서로의 울타리가 돼주는 가족이었으니까. 다만 가장 크게 얻은 것은 하나 있다. 앞으로 무슨 일이 생기더라도 이제 혼자가 아니라는 심리적인 안정감. 만약의 상황에 대한 불안이 많이 사라졌다. 일단 어느 날 갑자기 한 명이 크게 아파서 병원에 가게 됐을 때 바로 법적 보호자로서 함께할 수 있다는 게 안심된다. 그리고 둘이 살다가 나중에 누구 하나가 먼저 세상을 떠나게 될 때 일상생활을 함께했던 서로가 유가족의 자격으로 마무리해줄 수 있다는 점에 마음이 놓인다.

타인의 반응을 통해 우리 관계가 변화했음을 느낀 적은 몇 번 있다. 한 번은 입양 후 몇 달이 지나 우리가 입양했다는 사실조차 잊고 있을 때였다. 둘이 같이 진료를 받기 위해 병원에 내원했다. 어리가 먼저 진료실로 들어가고 뒤늦게 내가 접수하니 데스크 직원이 내 얼굴을 쳐다보며 대뜸 물었다.

"두 분이 무슨 사이세요?"

같이 사는 친구라고 답하니 계속 의아한 눈빛으로 쳐다보길래 그저 이상하다고만 생각했다. 진료실에 들어가니 의사도 똑같은 질문을 했다.

"같이 사는 친구예요."

데스크 직원에게 그랬던 것처럼 똑같이 대답했더니 의사가 말했다.

"같이 살면 다 가족이죠."

'아, 맞다. 이제 진짜 법적 가족이지.' 그제야 우리의 입양 사실을 떠올렸다. 동시에 '이 병원은 왜 그런 걸 묻지?' 의문이 들긴 했지만 금세 잊어버렸다. 나중에 생각해보니 아마도 전산상 어리의 건강보험정보에 내 이름이 떠서 그랬던 것 같다. 건강보험 가입자의 이름과 주소는 같은데, 성도 다르고 나이 차이도 얼마 안 나니 궁금했던 걸까.

또 한 번은 지역 재난지원금을 수령하러 어리와 함께 수령 장소에 갔을 때였다. 내가 먼저 신분증을 제시하니 담당자가 내 것과 어리의 재난지원금 카드를 함께 주며 말했다.

"자녀분이 있으시네요. 세대주가 오셨으니 세대원 것까지 다 수령해가시면 됩니다."

재난지원금 카드를 받고 뒤에 서 있던 어리가 나와 함께 같이 나가려고 하자 안내 직원이 물었다.

"뒷분은 성함이 어떻게 되세요?"

"제 가족이에요. 방금 제가 수령했어요."

내가 말하자, 접수처 직원 두 분이 내 이름과 어리의 이름, 생년월일이 적힌 서류와 우리를 번갈아 보더니 자기들끼리 딸이네, 가족이네 수군댔다. 음, 이상하겠지. 5살 차이 모녀 처음 보시죠? 저도 처음 봅니다.

결혼이든 입양이든 타인과 법적 가족이 된다는 건 쉽게 결정할 문제는 아니다. 서로에게 법적 보호자가 돼주기 위해 입양이라는 제도를 활용해 가족이 되는 것. 이것은 분명 법적 테두리 안에서 아무 문제가 없다. 어리는 엄마가 둘이 됐고, 나는 딸이 생겼다. 그러나 생활동반자를 보호하는 법이 있었다면 우리는 입양을 선택하지 않았을 것이다. 친구끼리 수평적인 관계가 아닌 부모 자식이라는 수직적인 관계의 가족이 되는 건 우리 둘 다 원하지 않았으니까. 그저 현실적으로 선택할 수 있는 방법이 그것뿐이었다.

생활동반자법은 성별이나 나이 등에 상관없이 함께 살면서 서로 돌보기로 약속한 두 성인이 국가에 이를 등록하면, 이들에게 혈연이나 혼인에 의한 가족과 동등한 권리와 의무를 부여하는 법이다. 지난 2014년 당시 새정치민주연합 진선미 의원이 생활동반자법 입법화를 추진했으나, 보수단체 등의 극심한 반발로 발의조차 하지 못했다. 그러다 2023년 4월, 드디어 대한민국 국회에서 처음으로 기본소득당 용혜인 의원이 '생활동반자관계에 관한 법률안'을 대표 발의했다. 이어 한 달 뒤, 정의당 장혜영 의원도 동성 부부,

비혼 출산, 생활동반자 등 다양한 형태의 가족을 법적으로 인정하고 보호하는 '가족구성권 3법'을 대표 발의했다. 가족의 범위를 더 확대한 가족구성권 3법은 혼인평등법(민법 일부개정법률안), 비혼출산지원법(모자보건법 일부개정법률안), 생활동반자관계에 관한 법률안 등을 하나로 묶은 개념이다. 이 법안이 국회를 통과해 시행되기까지는 아직 갈 길이 멀다. 여전히 보수단체나 종교계의 반대가 심해 국회에서도 논의에 소극적이기 때문이다.

처음 생활동반자법이 논의됐을 때 참 반가웠다. 다양한 형태의 생활공동체를 보듬어 누구나 특별한 한 사람을 서로의 법적 보호자로 지정할 수 있다는 것. 믿고 의지하는 사람과 생을 나누며 외로움과 우울을 막을 수 있다면 돌봄으로 인한 복지 비용도, 고독 문제도 어느 정도 해결할 수 있지 않을까, 어쩌면 노인들에게 더 필요한 법이 아닐까 싶었다.

법과 제도가 다양한 형태의 가족을 포용하지 못한다면, 우리처럼 성인 입양이라는 방법으로 새로운 가족을 만드는 사람들이 더 늘어날 수도 있다. 우리는 가족이 생겨 든든해졌지만, 우리 같은 방식으로 사는 사람이 늘어났을 때 그것이 과연 건강한 사회의 모습인지는 솔직히 잘 모르겠다. 한편으로는 우리 같은 선택을 하는 사람들이 자꾸 생겨나 이것이 사회문제로 대두되면 좋겠다. 그렇게라도 생활동반자법의 필요성을 알리고 법 제정을 보다 앞당겨 사람들이 입양이라는 방법을 선택하지 않아도 서로의 보호자가 돼 안정적으로 살 수 있으면 좋겠다. 어쩌면 기대와는 다른 방향으로 일이 흘러갈 수도 있다. 생활동반자법에 대한 논의가 더 진행되기 전에 자신만의 틀에 갇힌 사람들이 성인 입양부터 제한하려 들지도 모르겠다. 다양한 생활공동체를 넓은 가족의 범주 안으로 끌어안는 대신 더욱 배척하기 위해서 말이다. '정상가족' 프레임에 갇혀버린 이들에게 우리가 아무리 어떤 이야기를 한들 그들은 그저 자신이 생각하는 대로만 믿고 싶어 할 테니까. 안타까울 뿐이다.

입양을 통해 어리와 법적 가족이 된 후 나는 우리의 이야기를 기록하고 싶어 글쓰기 플랫폼에 글을 올렸다. 며칠간 그 글은 SNS에서 계속 공유되면서 화제가 됐다. 반응이 매우 뜨거워 한 일간지와 인터뷰도 하게 됐다. 하지만 응원과 긍정의 반응이 대부분이었던 SNS와는 다르게 인터뷰 기사에는 우리를 비난하는 악플이 무수히 달렸다. 우리가 수많은 이유로 고민에 고민을 거듭해 내린 결정을 일부 사람들은 너무나 쉽게 함부로 말하고 재단해버렸다. 법적 가족을 만드는, 인생에 있어 아주 중차대한 일을 단순히 한 가지 이유로 결정할 수 있을까?

이미 오래전부터 다양한 형태의 가족은 존재해왔다. 다양한 가족 형태를 법적 테두리 안에 받아들인다면 우리처럼 입양이라는 방법을 선택하지 않아도 된다. 함께 사는 구성원이 꼭 결혼으로 맺

어진 관계가 아니더라도, 나이 차가 많건 적건, 이성 간이든 동성 간
이든 남에게 피해 주지 않고 서로 의지하며 살면 되는 거 아닐까?
그렇게 된다면 1인 가구의 돌봄 비용이 줄어들어 경제적 이득을 얻
을 수 있는 건 둘째 치고라도, 1인 가구의 외로움을 해소하고 심리
적인 안정감을 높일 수 있을 것이다. 그리고 그것은 지금 옆에 함께
있는 사람만이 해줄 수 있는 일이다. 1년에 몇 번 만나는 가족들이
채워줄 수 없고, 돈으로도 채울 수 없다. 사람들이 원하는 사람과 함
께 살고, 함께 살며 힘이 되는 존재에게 가족으로서의 권리와 의무
를 갖게 하는 건 개인을 위해서도 국가를 위해서도 꼭 필요하다.

성인 입양은 입양신고서 한 장만 제출하면 다음 날 바로 가족
이 될 수 있다. 참 아이러니하다. 가장 구속력 있으면서 모든 행위에
서 법적 권리를 강력히 주장할 수 있는 부모 자식 사이가 되는 것이
이렇게 쉽다는 게. 입양은 이렇게 쉬운데 다양한 가족을 품어줄 수
있는 생활동반자법 제정은 왜 그리 어렵기만 한 건지, 참으로 모를
일이다.

우리의
'숲속 ☆☆☆'이

문을
엽니다

나의 꿈을 함께 이뤄줘

우리는 슬슬 노후에 대한 준비를 조금씩 해놓기로 했다. 우선 서로가 원하는 미래를 그려보았다. 나는 나무를 좋아해 어릴 때부터 숲에 살고 싶었다. 언제가 될진 모르지만 숲속의 집에 살며 내가 농사지은 재료로 요리하고, 다양한 허브와 약초로 차도 만들고, 좋은 사람들과 그 차를 나눌 수 있는 소담한 찻집과 치유 스테이를 운영하고 싶다. 어리는 딱히 하고 싶은 건 없지만 노후에 돈을 벌려고 애쓰지 않아도 될 만큼의 여유가 있으면 좋겠다고 했다. 다행히 나처럼 나무와 숲을 좋아해 나의 꿈에 함께하기로 했다. 혼자 꾸는 꿈은 단지 꿈이지만, 함께 꾸는 꿈은 현실이 된다고 하지 않던가.

우리의 꿈, '숲속 ☆☆☆'은 공간이기도 하고 활동이기도 하다. 숲속이라는 것 외에 구체적인 모습은 정해놓지 않았다. 어리와 이상적인 미래를 함께 그리며 조금씩 구체화하는 중이다. '숲속 ☆☆☆'이라는 이름처럼 그곳에선 별의별 것들을 할 수 있고 무엇이든 될 수 있다. 모습이 정해져 있지 않으니 모든 가능성이 열려 있다. 우리가 함께 만들어갈 미래가 어떤 모습일지 기대된다.

우리는 먼저 접근하기 쉬운 것부터 준비하기로 했다. 평소 요리에는 관심 없지만 차와 커피에 관심 많은 나는 우선 바리스타 자격증을, 빵을 좋아하는 어리는 제빵기능사 자격증 취득을 목표로

삼고 열심히 배우러 다닌 끝에 우리 둘 다 자격증을 취득했다. 우리 둘이 합치면 카페 운영은 완벽하다며 든든해했지만, 그때 공부해 놓은 기술과 자격증은 여전히 쓰임을 기다리며 서랍 속에 고이 모셔져 있다.

다음은 산림치유지도사에 도전하기로 했다. 산림치유지도사 자격증은 산림청장이 발급하는 국가자격증으로 1급과 2급으로 구분된다. 2급의 경우 △산림, 의료, 보건, 간호 관련학과 학사학위 소지자 및 전문학사+2년 이상 종사자 △산림치유 관련 업무 4년 이상 종사자 △산림교육 전문가(숲해설가, 유아숲지도사, 숲길등산지도사) 자격증 취득 후 해당 분야에서 3년 이상 종사자 △국가기술자격법에 따른 관련 기사 자격증 소지자 등의 자격 기준을 갖춰야 한다.

우리는 산림기사 자격증을 취득하는 것으로 산림치유지도사의 자격 기준을 갖추기로 했다. 어리는 이전에 취득한 기사 자격증으로 산림기사 응시 요건을 갖췄고, 나는 농업인 실무 경력으로 산림기사 시험에 응시하기로 했다. 농업인으로 종사하면 산림 분야 경력으로도 인정해주는데, 이건 관련 업무를 하는 지인이 알려주지 않았더라면 몰랐을 정보다. 아무튼 우리는 2019년 봄부터 가을까지 주말마다 산림치유지도사 양성 과정 수업을 들은 뒤, 산림치유지도사 시험에 응시해 합격했다.

산림기사 시험 역시 열심히 공부한 덕분에 우리 둘 다 필기와 실기를 합격해 자격증 두 개를 취득했다. 산림치유지도사 자격증을 취득하기 위해 산림기사를 공부한 것이었지만 시험은 실기까지 치러야 하는 산림기사가 훨씬 더 어려웠다. 그렇게 두 해 동안 열심히 노력한 결과물은 거실 장식장에 잘 전시해뒀다. 숲으로 가기 위해 아직은 준비해야 할 것이 많기 때문에 자격증이 빛을 발하려면 몇 년 더 기다려야 하지만, 힘들게 취득한 자격증이라 그런지 볼 때마다 뿌듯하다.

나는 5년 후 우리가 함께 그린 꿈이 현실이 되기를 소망한다. 상상만 해도 즐겁고 설렌다. 나이를 생각하면 늦은 게 아닌가 싶기도 하지만, 늦었다고 생각하면 아무것도 할 수 없다. 차근차근 준비하다 보면 5년이란 시간도 금세 다가오겠지. 우리의 미래 모습이 지금의 꿈과 달라지더라도 괜찮다. 인생이 계획한 대로만 흘러가면 너무 재미없잖아. 때론 옆길로, 때론 뒤로 다시 돌아가도 상관없다. 예측 불가능해서 사는 게 더 재미있어질 테니. 2027년, 그때가 되면 우리가 함께 산 지 10년이 된다. 그때 우리는 어떤 모습일까.

조금 늦어져도 괜찮아

작년 한 해 동안 우리는 중요하거나 꼭 필요한 일정이 아니면 외출을 거의 하지 않았다. 대신 우리는 우리의 꿈, '숲속 ☆☆☆'을 좀 더 구체화하기 위해 새로운 도전을 준비했다. 나보다 안정적인 노후에 대한 갈망이 큰 어리는 나이에 구애받지 않는 지속 가능한 일을 하고 싶어 했다. 그래서 작년에 어리가 퇴사를 고민할 때 나는 어리의 성향과 적성을 고려해 잘 맞을 것 같은 직업을 추천했다. 어리에게는 최적의 선택이었고, 다행히 어리도 마음에 들어 했다. 회사를 그만둔 어리는 지난 1년간 열심히 공부했고, 나는 뒷바라지했다. 언젠가 내 사주를 본 누군가가 나에게 자식 덕을 볼 거라고 했던 말이 생각났다. 입양한 자식 덕에 노후에 호강 좀 해보자며 잊을만하면 어리를 세뇌했다.

1년 동안 어리는 옆에서 보기에 안쓰러울정도로 공부만 했다. 기존 전공과 무관한 공부를 하느라 이른 아침부터 자정까지 어려운 책을 보고 또 봤다. 시험을 치르고 기다리던 합격자 발표일, 결과를 확인하는 순간 우린 둘 다 말을 잇지 못했다. 불합격이었다. 만점에 가까운 영어 점수와 우수한 성적에도 어리는 합격이 아닌 예비 번호를 받았다. 이게 어떻게 된 일이지? 작년 기준으로 합격 안정권의 점수였기에 내심 합격을 예상했는데, 안타깝게도 올해는 합격 커트라인 점수에 성적 높은 지원자가 대거 몰리면서 소수점의 근소한 차이로 아쉽게 불합격했다. 전문직을 하려는 사람도 많고 공부 잘하는 사람도 너무 많았다. 그렇게 열심히 했지만 관련 전공자들과 수년간 시험을 준비한 다른 지원자를 뛰어넘긴 무리였나 보다. 경쟁률이 이십 대 일이 넘으니 누군가 떨어지는 건 당연한 일인데, 너무나 속상했다. 그래도 예비 번호가 앞쪽이니 추가 합격이 될 수도 있지 않을까 하는 마음을 안고 기다려봤지만 기적은 일어나지 않았다. 그것도 바로 어리 앞에서 문이 닫힌 것이다. 예비 1번으로 떨어지니 안타까움이 더 컸다.

"길을 잃어버린 것 같아. 이제 어떡하지?"

어리는 1년간 고생한 보람이 없다며 한없이 좌절했다. 내 얼굴을 볼 면목이 없다고도 했다. 나는 양엄마의 정보력 부재가 불합격을 불러온 것 같았다. 해당 전문직 관련 동향 등을 발 빠르게 파악해야 했던 건 아닌가 자책했다. 내가 먼저 어리에게 공부하라고 부추겨서 1년 동안 고생만 한 것 같았고, 너무 큰 부담을 지웠다는 생각에 미안하기도 했다. 우리는 그날 각자 시간을 가지며 속상함을 달랬다. 그리고 그날 밤 어리는 말했다.

"내가 이렇게 새로운 도전을 할 수 있게 해줘서 고마워. 나 혼자였다면 생각조차 못했을 거야."

울컥했다.

"다시 한번 해볼래?"

내가 먼저 재도전을 이야기했다. 어리도 동의했다. 공부하는 걸 옆에서 지켜보면서 혹시라도 안 되면 그걸로 끝내자고 했는데 아쉬워서 안 되겠다. 힘들겠지만 수험생으로 1년 더 살아보자. 조금 늦어지면 어때. 그까짓 1년 금방이지, 뭐. 미련이 남지 않도록 한 번 더 가보는 거야. 혹시라도 중간에 다른 길을 가게 되더라도 괜찮아. 같이 걸어가면서 새로운 모습을 만들어낼 수 있을 테니. 숲속에 집을 짓고, 공간을 만들고, 우리가 할 일은 무궁무진해. 우리의 '숲 속 ☆☆☆'은 무엇이든 가능하니까.

삶에 정답이 없는데 실패가 어디 있겠어

처음 시골에 집을 구할 때부터 시골 마을에 살면서 만난 어르신들은 도시에서 시골로 이주한 젊은 사람들을 무시하는 기색이 역력했다. 자고로 사람은 서울로 보내고 말은 제주로 보내랬다고, 시골 어르신들은 도시에 살아야 성공했다고 생각한다. 비록 자신들은 시골에서 농사짓고 살아도 자식들만큼은 모두 공부시켜 도시로 보냈다. 그러니 시골에 들어와 사는 젊은이들이 패배자처럼 느껴졌을지도 모르겠다. 젊은 놈이 할 일도 없는 시골에 와서 뭐해 먹고 살겠다고 저러나 하며 한심하게 보셨다. 나는 그 어르신들이 단 몇 년이라도 경쟁이 치열한 도시에서 살아본 경험이 없어서, 혹은 다양한 삶의 방식과 사람마다 자신에게 맞는 각자의 삶이 있다는 걸 알지 못해서 그렇다고 생각한다.

시골에서 나는 도시에서의 소득에 훨씬 못 미치는 돈으로 살고 있지만 도시에서보다 훨씬 잘 먹고 여유로운 삶을 산다. 좋은 친구이자 가족이 생겼고, 어디든 갈 수 있는 차도 있고 내 명의의 땅과 집도 생겼다. 그리고 서로 마음을 나눌 수 있는 따뜻한 이웃이 있다. 생각할 시간이 많아진 것에도 감사하다. 비록 도시에서보다 수입은 줄었으나, 그만큼 지출할 일도 줄었기에 크게 부족함을 느끼진 않는다. 돈이 많아야만 느낄 수 있는 경제적 여유가 아닌 또 다른 의미의 여유가 생겼다. 소비에 있어서 나에게 꼭 필요한 것이 무엇인지를 먼저 생각하고, 금전적인 후원이 아닌 내가 할 수 있는 다른 방식으로 주위를 도울 수 있는 여유도 생겼다.

또 시골에 살다 보니 세상사에도 무관심해졌다. 나만 잘 먹고 잘 사는 거 아닌가 싶기도 하다. 미안한 감도 없진 않지만, 그래도 제대로 숨을 쉴 수 있는 지금의 평온한 삶이 너무 감사하다. 그동안 살면서 만난 감사한 분들을 떠올리며 그들이 나에게 그랬던 것처럼, 이젠 누군가 지쳐 힘들어할 때 잠시 쉬어갈 수 있는 사람이 돼줄 수도 있을 것 같다. 나는 이곳에 와서야 비로소 조금씩 '좋은 어른'에 가까워지기 위해 노력하고 있다.

서정주의 시 〈자화상〉의 한 구절처럼 "나를 키운 건 팔 할이 바람"이라고 늘 생각했다. 내 젊은 날의 방황은 나를 정말 단단하게 만들었다. 시행착오와 다양한 경험을 통해 나를 들여다보고, 나를 채우고, 또 나를 비웠다. 전보다 유연해졌고, 덕분에 더 나은 삶을 향해 한 걸음씩 나아갈 수 있었다. 실패한 인생 같다고 오랜 시간 주눅이 들어 있던 나는 먼 길을 돌아오고 나서야 비로소 나의 방황이 실패가 아닌 과정이었다고 말할 수 있게 됐다. 시골에 와서야 나와 비슷한 생각을 하는 사람들이 이렇게 많다는 것을 알고 놀랐다. 그 생각을 행동으로 옮기며 사는 사람들 또한 많다는 것에도. 그들은 이미 실천하고 있었고, 나는 아직 생각하고 있다. 나도 더 늦지 않게 서두르고 싶단 생각이 든다.

문득 잊고 있던 오래된 기억이 떠올랐다. 오래전 떠난 인도여행 중 2박 3일간 낙타를 타고 사파리 투어를 한 적이 있다. 투어를 함께하며 동유럽 어느 나라의 여인을 알게 됐다. 그녀는 행복을 찾고 싶어서 2년이나 여행 중이라고 했다. 하늘에 별이 가득했던 투어의 마지막 밤, 그녀는 이제 여행을 그만하고 집으로 돌아갈 거라고 했다. 행복을 찾았냐고 묻는 나에게 그녀는 미소 지으며 말했다.

"행복은 찾을 수 있는 게 아니야."

그녀의 표정은 진지했다. 그땐 그 말이 가진 뜻을 알지 못했다. 조금 더 살아보니 이제야 알 것 같다. 의미는 찾아지는 게 아니다.

굳이 삶에 의미를 부여하는 것조차 무의미하다. 삶에 있어 '왜'보다는 '어떻게'가 중요하다는 것을 우리는 이미 알고 있다. 내가 왜 태어났고 왜 살아야 하는지는 중요하지 않다. 때론 내가 원하는 방향대로 삶이 흐르지 않아도, 시련을 겪어도 괜찮다. 사는 것 자체로 의미가 있으니. 그저 즐겁게 살면 된다. 어떤 삶을 살든 그 삶 자체로 가치 있고 아름다우니까. 우리는 같은 길 앞에서 다른 선택을 한다. 이렇듯 삶에 정답이 없는데 실패가 어디 있겠어. 오늘도 내가 선택한 길을 나에게 맞는 속도로 묵묵히 걸어갈 뿐이다.

친구를 입양했습니다
피보다 진한 법적 가족 탄생기

초판 1쇄 인쇄 2023년 6월 27일
초판 1쇄 발행 2023년 7월 5일

지은이 은서란
펴낸이 이승현

출판1 본부장 한수미
컬처 팀장 박혜미
편집 이문경
디자인 함지현

펴낸곳 ㈜위즈덤하우스   **출판등록** 2000년 5월 23일 제13-1071호
주소 서울특별시 마포구 양화로 19 합정오피스빌딩 17층
전화 02) 2179-5600   **홈페이지** www.wisdomhouse.co.kr

ⓒ 은서란, 2023

ISBN 979-11-6812-660-2 03810